且读

……

26

冯骥才散文精读

冯骥才 著

浙江人民出版社

图书在版编目（CIP）数据

散文精读．冯骥才 / 冯骥才著．—杭州 ：浙江人民出版社，2019.5

（且读）

ISBN 978-7-213-09272-5

Ⅰ．①散…　Ⅱ．①冯…　Ⅲ．①散文集-中国-当代　Ⅳ．①I266

中国版本图书馆CIP数据核字(2019)第082992号

散文精读·冯骥才

冯骥才　著

出版发行：浙江人民出版社（杭州市体育场路347号　邮编　310006）

市场部电话：(0571)85061682　85176516

责任编辑：余慧琴

营销编辑：陈雯怡

责任校对：戴文英

责任印务：陈　峰

封面设计：观止堂_未氓

电脑制版：杭州天一图文制作有限公司

印　　刷：浙江印刷集团有限公司

开　　本：880毫米×1230毫米　1/32　　印　　张：7

字　　数：132千字　　插　　页：4

版　　次：2019年5月第1版　　印　　次：2019年5月第1次印刷

书　　号：ISBN 978-7-213-09272-5

定　　价：36.00元

冯骥才

1 | 3
2 | 4

❶ 写作

❷ 绘画作品《野路》

❸ 与猫儿在一起

❹ 母亲和我全家兄弟姐妹的一张合影。中间是母亲，怀抱的是五妹冯瑞，母亲身右（由右向左）是大姐冯箴，二姐冯惠；母亲身左（由右向左）是四妹冯宜、表姐戈燕和我。那时母亲说，要是好好吃饭，脖子上的肉就有褶，我便使劲低头，挤出脖子上的肉褶，表示自己是乖孩子。

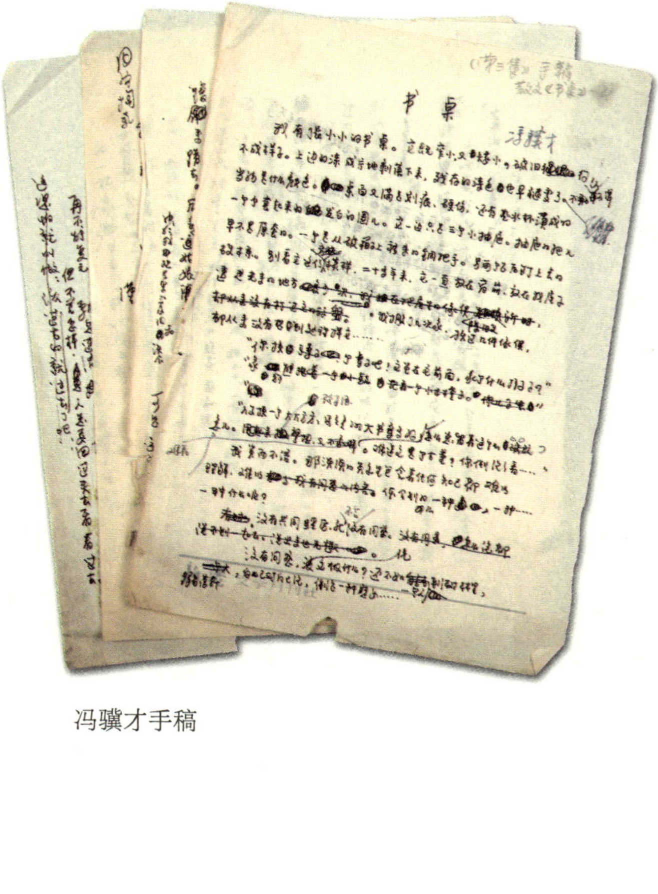

冯骥才手稿

目录

人物

旅行

散文精读·冯骥才 >>

抒情

逼来的春天

那时，大地依然一派毫无松动的严冬景象，土地邦硬，树枝全抽搐着，害病似的打着冷颤；雀儿们晒太阳时，羽毛乍开好像绒球，紧挤一起，彼此借着体温。你呢，面颊和耳朵边儿像要冻裂那样的疼痛……然而，你那冻得通红的鼻尖，迎着凛冽的风，却忽然闻到了春天的气味！

春天最先是闻到的。

这是一种什么气味？它令你一阵惊喜，一阵激动，一下子找到了明天也找到了昨天——那充满诱惑的明天和同样季节、同样感觉却流逝难返的昨天。可是，当你用力再去吸吮这空气时，这气味竟又没了！你放眼这死气沉沉冻结的世界，准会怀疑它不过是瞬间的错觉罢了。春天还被远远隔绝在地平线之外吧。

但最先来到人间的春意，总是被雄踞大地的严冬所拒绝、所稀释、所泯灭。正因为这样，每逢这春之将至的日子，人们会格外地兴奋、敏感和好奇。

如果你有这样的机会多好——天天来到这小湖边，你就能亲眼看到冬天究竟怎样退去，春天怎样到来，大自然究竟怎样完成这一年一度起死回生的最奇妙和最伟大的过渡。

但开始时，每瞧它一眼，都会换来绝望。这小湖干脆就是整整一块巨大无比的冰，牢牢实实，坚不可摧；它一直冻到湖底了吧？鱼儿全死了吧？灰白色的冰面在阳光反射里光芒刺目；小鸟从不敢在这寒气逼人的冰面上站一站。

逢到好天气，一连多天的日晒，冰面某些地方会融化成水，别以为春天就从这里开始。忽然一夜寒飙过去，转日又冻结成冰，恢复了那严酷肃杀的景象。若是风雪交加，冰面再盖上一层厚厚雪被，春天真像天边的情人，愈期待愈迷茫。

然而，一天，湖面一处，一大片冰面竟像沉船那样陷落下去，破碎的冰片斜插水里，好像出了什么事！这除非是用重物砸开的，可什么人、又为什么要这样做呢？但除此之外，并没发现任何异常的细节。那么你从这冰面无缘无故的坍塌中是否隐隐感到了什么……刚刚从裂开的冰洞里露出的湖水，漆黑又明亮，使你想起一双因为爱你而无限深邃又默默的眼睛。

这坍塌的冰洞是个奇迹，尽管寒潮来临，水面重新结冰，但在白日阳光的照耀下又很快地融化和洞开。冬的伤口难以愈合。冬的黑子出现了。

冬天与春天的界限是瓦解。

冰的坍塌不是冬的风景，而是隐形的春所创造的第一幅壮丽的图画。

跟着，另一处湖面，冰层又坍塌下去。一个、两个、三个……随后湖面中间闪现一条长长的裂痕，不等你确认它的原因和走向，居然又发现几条粗壮的裂痕从斜刺里交叉过来。开始这些裂痕发白，渐渐变黑，这表明裂痕里已经浸进湖水。某一天，你来到湖边，会止不住出声地惊叫起来，巨冰已经裂开！黑黑的湖水像打开两扇沉重的大门，把一分为二的巨冰推向两旁，终于袒露出自己阔大、光滑而迷人的胸膛……

这期间，你应该在岸边多待些时候。你就会发现，这漆黑而依旧冰冷的湖水泛起的涟漪，柔软又轻灵，与冬日的寒浪全然两样了。那些仍然覆盖湖面的冰层，不再光芒夺目，它们黯淡、晦涩、粗糙和发脏，表面一块块凹下去。有时，忽然“咔嚓”清脆的一响，跟着某一处，断裂的冰块应声漂移而去……尤其动人的，是那些在冰层下憋闷了长长一冬的大鱼，它们时而激情难捺，猛地蹦出水面，在阳光下银光闪烁打个“挺儿”，“哗啦”落入水中。你会深深感到，春天不是由远方来到眼前，不是由天外来到人间；它原是深藏在万物的生命之中的，它是从生命深处爆发出来的，它是生的欲望、生的能源与生的激情。它永远是死亡的背面。唯此，春天才是不可遏制的。它把酷烈的严冬作为自己的序曲，不管这序曲多么漫长。

追逐着凛冽的朔风的尾巴，总是明媚的春光；所有冻凝的冰的核儿，都是一滴春天的露珠；那封闭大地的白雪下边是什么？你挥动大帚，扫去白雪，一准是连天的醉人的绿意……

你眼前终于出现这般景象：宽展的湖面上到处浮动着大大小小的冰块。这些冬的残骸被解脱出来的湖水戏弄着，今儿推到湖这边儿，明日又推到湖那边儿。早来的候鸟常常一群群落在浮冰上，像乘载游船，欣赏着日渐稀薄的冬意。这些浮冰不会马上消失，有时还会给一场春寒冻结在一起，霸道地凌驾湖上，重温昔日威严的梦。然而，春天的湖水既自信又有耐性，有信心才有耐性。它在这浮冰四周，扬起小小的浪头，好似许许多多温和而透明的小舌头，去舔弄着这些渐软渐松渐小的冰块……最后，整个湖中只剩下一块肥皂大小的冰片片了，湖水反而不急于吞没它，而是把它托举在浪波之上，摇摇晃晃，一起一伏，展示着严冬最终的悲哀、无助和无可奈何……终于，它消失了。冬，顿时也消失于天地间。这时你会发现，湖水并不黝黑，而是湛蓝湛蓝。它和天空一样的颜色。

天空是永远宁静的湖水，湖水是永难平静的天空。

春天一旦跨到地平线这边来，大地便换了一番风景，明朗又朦胧。它日日夜夜散发着一种气息，就像青年人身体散发出的气息。清新的、充沛的、诱惑而撩人的，这是生命本身的气息。大地的肌肤——泥土，松软而柔和；树枝再不抽搐，软软地在空中自由舒展，那纤细的枝梢无风时也颤悠悠地摇动，招呼着一个万物萌芽的季节的到来。小鸟们不必再乍开羽毛，个个变得光溜精灵，在高天上扇动阳光飞翔……湖水因为春潮涨满，仿佛与天更近；静静的云，说不清在天上还是在水里……湖边，湿漉漉的泥滩上，那些东倒西歪的去年的枯苇棵里，一些鲜绿夺目、又尖又硬的苇芽，破土而出，愈看愈多，有的地方竟已簇密成片了。你真惊奇！在这之前，它们竟逃过你细心的留意，一旦发现即已充满咄咄的生气了！难道这是一夜春风、一阵春雨或一日春晒，便齐刷刷钻出地面？来得又何其神速！这分明预示着，大自然囚禁了整整一冬的生命，要重新开始新的一轮竞争了。而它们，这些碧绿的针尖一般的苇芽，不仅叫你看到了崭新的生命，还叫你深刻地感受到生命的锐气、坚韧、迫切，还有生命和春的必然。

1994年3月

秋天的音乐

你每次上路出远门千万别忘记带上音乐，只要耳朵里有音乐，你一路上对景物的感受就全然变了。它不再是远远待在那里、无动于衷的样子，在音乐撩拨你心灵的同时，也把窗外的景物调弄得易感而动情。你被种种旋律和音响唤起的丰富的内心情绪，这些景物也全部神会地感应到了，它还随着你的情绪奇妙地进行自我再造。你振作它雄浑，你宁静它温存，你伤感它忧患，也许同时还给你加上一点人生甜蜜的慰藉，这是真正知友心神相融的交谈……河湾、山脚、烟光、云影、一草一木，所有细节都浓浓浸透你随同音乐而流动的情感，甚至它一切都在为你变形，一幅幅不断变换地呈现出你心灵深处的画面。它使你一下子看到了久藏心底那些不具体、不成形、朦胧模糊或被时间湮没了的感受，于是你更深深坠入被感动的漩涡里，享受这画面、音乐和自己灵魂三者融为一体的特殊感受……

秋天十月，我松松垮垮套上一件粗线毛衣，背个大挎包，去往东北最北部的大兴安岭。赶往火车站的路上，忽然发觉只带了录音机，却把音乐磁带忘记在家，恰巧路过一个朋友的住处，他是音乐迷，便跑进去向他借。他给我一盘说是新翻录的，都是“背景音乐”。我问他这是什么曲子，他怔了怔，看我一眼说：

“秋天的音乐。”

他多半随意一说，搪塞我。这曲名，也许是他看到我被秋风吹得松散飘扬的头发，灵机一动得来的。

火车一出山海关，我便戴上耳机听起这秋天的音乐。开端的旋律似乎熟悉，没等我怀疑它是不是真正地描述秋天，下巴发懒地一蹭粗软的毛衣领口；两只手搓一搓，让干燥的凉手背给湿润的热手心舒服地摩擦摩擦，整个身心就进入秋天才有的一种异样温暖甜醉的感受里了。

我把脸颊贴在窗玻璃上，挺凉，带着享受的渴望往车窗外望去，秋天的大自然展开一片辉煌灿烂的景象。阳光像钢琴明亮的音色洒在这收割过的田野上，整个大地像生过婴儿的母亲，幸福地舒展在开阔的晴空下，躺着，丰满而柔韧的躯体！从麦茬里裸露出浓厚的红褐色是大地母亲健壮的肤色；所有树林都在炎夏的竞争中把自己的精力膨胀到头，此刻自在自如地伸展它优美的枝条；所有金色的叶子都是它的果实，一任秋风翻动，煌煌夸耀着秋天的富有。真正的富有感，是属于创造者的；真正的创造者，才有这种潇洒而悠然的风度……一只鸟儿随着一个轻扬的小提琴旋律腾空飞起，它把我引向无穷纯净的天空。任何情绪一入天空便化做一片博大的安寂。这愈看愈大的天空有如伟大哲人恢弘的头颅，白云是他的思想。有时风云交会，会闪出一道智慧的灵光，响起一句警示世人的哲理。此时，哲人也累了，沉浸在秋天的松弛里。它高远，平和，神秘无限。大大小小、松松散散的云彩是他思想的片断，而片断才是最美的，无论思想还是情感……这千形万状精美的片断伴同空灵的音响，在我眼前流过，还在阳光里洁白耀眼。那乘着小提琴旋律的鸟儿一直钻向云天，愈高愈小，最后变成一个极小的黑点儿，忽然“噗”地扎入一个巨大、蓬松、发亮的云团……

我陡然想起一句话：

“我一扑向你，就感到无限温柔呵。”

我还想起我的一句话：

“我睡在你的梦里。”

那是一个清明的早晨，在实实在在酣睡一夜醒来时，正好看见枕旁你朦胧的、散发着香气的脸说的。你笑了，就像荷塘里、雨里、雾里悄然张开的一朵淡淡的花。

接下去的温情和弦，带来一片疏淡的田园风景。秋天消解了大地的绿，用它中性的调子，把一切色泽调匀。和谐又高贵，平稳又舒畅，只有收获过了的秋天才能这样静谧安详。几座闪闪发光的麦秸垛，一缕银蓝色半透明的炊烟，这儿一棵那儿一棵怡然自得站在平原上的树，这儿一头那儿一头慢吞吞吃草的杂色的牛。在弦乐的烘托中，我心底渐渐浮起一张又静又美的脸。我曾经用吻，像画家用笔那样勾勒过这张脸：轮廓、眉毛、眼睛、嘴唇……这样的勾画异常奇妙，无形却深刻地记住。你嘴角的小涡、颤动的睫毛、鼓脑门和尖俏下巴上那极小而光洁的平面……近景从眼前疾掠而过，远景跟着我缓缓向前，大地像唱片慢慢旋转，耳朵里不绝地响着这曲人间牧歌。

一株垂死的老树一点点走进这巨大唱片的中间来。它的根像唱针，在大自然深处划出一支忧伤的曲调。心中的光线和风景的光线一同转暗，即使一湾河水强烈的反光，也清冷，也刺目，也凄凉。一切阴影都化为行将垂暮秋天的愁绪；萧疏的万物失去往日共荣的激情，各自挽着生命的孤单；篱笆后一朵迟开的小葵花，像你告别时在人群中伸出的最后一次招手，跟着被轰隆隆前奔的列车甩到后边……春的萌动、颤栗、骚乱，夏的喧闹、蓬勃、繁华，全都销匿而去，无可挽回。不管它曾经怎样辉煌，怎样骄傲，怎样光芒四射，怎样自豪地挥霍自己的精力与才华，毕竟过往不复。人生是一次性的；生命以时间为载体，这就决定人类以死亡为结局的必然悲剧。谁能把昨天和前天追回来，哪怕再经受一次痛苦的诀别也是幸福，还有那做过许多傻事的童年，年轻的母亲和初恋的梦，都与这老了的秋天去之遥远了。一种浓重的忧伤混同音乐漫无边际地散开，渲染着满目风光。我忽然想喊，想叫这列车停住，倒回去！

突然，一条大道纵向冲出去，黄昏中它闪闪发光，如同一支号角嘹亮吹响，声音唤来一大片拔地而起的森林，像一支金灿灿的铜管乐队，奏着庄严的乐曲走进视野。来不及分清这是音乐还是画面变换的缘故，心境陡然一变，刚刚的忧愁一扫而光。当浓林深处一棵棵依然葱绿的幼树晃过，我忽然醒悟，秋天的凋谢全是假象！

它不过在寒飙来临之前把生命掩藏起来，把绿意埋在地下，在冬日的雪被下积蓄与浓缩，等待下一个春天里，再一次加倍地挥洒与铺张！远远山坡上，坟茔，在夕照里像一堆火，神奇又神秘，它那里是埋葬的一具尸体或一个孤魂？既然每个生命都在创造了另一个生命后离去，什么叫作死亡？死亡，不仅仅是一种生命的转换，旋律的变化，画面的更迭吗？那么世间还有什么比死亡更庄严、更神圣、更迷人！为了再生而奉献自己的伟大的死亡啊……

秋天的音乐已如圣殿的声音；这壮美崇高的轰响，把我全部身心都裹住、都净化了。我惊奇地感觉自己像玻璃一样透明。

这时，忽见对面坐着两位老人，正在亲密交谈。残阳把他俩的脸晒得好红，条条皱纹都像画上去的那么清楚。人生的秋天！他们把自己的青春年华、所有精力为这世界付出，连同头发里的色素也将耗尽，那满头银丝不是人间最值得珍惜的么？我瞧着他俩相互凑近、轻轻谈话的样子，不觉生出满心的爱来，真想对他俩说些美好的话。我摘下耳机，未及开口，却听他们正议论关于单位里上级和下级的事，哪个连着哪个，哪个与哪个明争暗斗，哪个可靠和哪个更不可靠，哪个是后患而必须……我惊呆了，以致再不能听下去，赶快重新戴上耳机，打开音乐，再听，再放眼窗外的景物。奇怪！这一次，秋天的音乐，那些感觉，全没了。

“艺术原本是欺骗人生的。”

在我返回家，把这盘录音带送还给我那朋友时，把这话告诉他。

他不知道我为何得到这样的结论，我也不知道他为何对我说：

“艺术其实是安慰人生的。”

1989年4月28日

乡　魂

一

倘若你生长在故乡，那份乡情乡恋牵肠挂肚自不必说；倘若它只是你长辈的故土，你却出生在异地他乡，你对它的印象与情感都是从长辈那里间接获得的，这故乡对你又是怎样一种感觉？

数年前，我应邀与几位作家南下访游古迹名城，依主人安排，途经宁波一日。车子一入宁波，大家还在嘻哈交谈，我却默然不语，脸贴车窗，使劲张望着外边景物，急于想抓住什么，好跟心里的故乡勾挂一起。此时我才发现心里的故乡原是空空的。我对自己产生怀疑，面对祖父与父亲的出生地，为何毫无感应？

但它原先只是我一个符号——籍贯呵。

我不是“回”故乡，而是“来”故乡，第一次。为什么回到故乡，故乡反而没了？我渴望与故乡拥抱和共鸣，但我不知道与故乡的情感怎样接通。好似一张琴闲在那儿，谁来弹响，怎么弹响？

二

下车在街上走走，来往行人说的宁波话一入耳朵，意外有种亲切感透入心怀，驱散了令我茫然的陌生。

我很笨，一直没从祖父和父亲那里学会宁波话。但这特有的乡音仿佛是经常挂在他们嘴边的家乡的民歌，伴随着我的童年与少年。那时，尤其是来串门看望祖父的爷爷奶奶们，大都用这种话与祖父交谈。父亲平时讲普通话，逢到此时便也用这种怪腔怪调加入谈话，好像故意不叫我听懂，气得我撅起小嘴，抗议。那些老爷爷老奶奶们便说笑话逗我、哄我，但依然还说那种难懂的宁波话……这曾经叫我又气又恨的话，为什么此刻有如施魔法时的咒语，一下子把依稀往事、把不曾泯灭的旧情、把对祖父与父亲那些活生生的感觉，全都召唤回来，并逼真地、如画一般地复活了？

在天童寺，一位老法师为我们讲述这座古寺非凡的经历。他地道的宁波口音叫我如听阿拉伯语，全然不懂，我便有机会仔细去看这法师的仪容，竟然发现他与祖父的模样很像：布衣布袜，清瘦身子，慈眉善眼，尤其是光光的头顶中央有个微微隆起的尖儿。北方大汉剃了光头，见棱见角，又圆又平；宁波人歇顶后，头顶正中央便显露出这个尖儿来，青亮青亮，仿佛透着此地山水那种聪秀的灵气。我觑起眼睛再感觉一下，简直就是祖父坐在那里说话！

祖父喜欢用薄胎细瓷的小碟小碗吃饭。他晚年患糖尿病，吃米都必须先用铁锅炒过再煮。他从不叫我吃他的饭，因为炒过的米不香，也少了养分。宁波临海，吃起海鲜精熟老到。祖父吃清蒸江螺那一手真叫空前绝后，满满一勺入口，只在嘴里翻几翻，伴随着吱吱的吸吮声，再吐出来便都是玲珑精巧的空壳了。每次吃江螺，不用我邀请，祖父总会令人惊叹又神气十足地表演一番。这绝招只有父亲吃鱼吐刺的本事可以媲美。然而，祖父，你如今在哪儿呢？我心头情感一涌，忽然张开眼睛，想对老法师大叫一声：爷爷！

奇怪，祖父是在我十岁那年去世的，三十年过去了，什么缘故使我要隔着岁月烟尘并如此动情地呼叫他呢？

是我走到故乡来了，还是故乡已然悄悄走进我的心中？

三

前两年，我去新加坡为“华人文艺营金狮文学奖”评奖。忽有十几位上了年纪的华人到宾馆来访，见面先送我一本刊物，封面上大写一个“冯”字。原来都是此地冯氏宗亲会的成员。华人在海外谋生，身孤力单需要支持，便组织各种同乡同族的会，彼此依傍，守望相助。每每同乡同族人有了难题，便一齐合力解纷；若是同乡同族人有了成就，就视为共荣，同喜同贺。一位冯姓长者对我说：

“你是咱冯家的骄傲呵。”

此时我多么像在家人中间？

张张陌生的面孔埋藏着遥远的亲切。我在哪里曾经与他们相关相连？唐宋还是秦汉？我想起在黄河边望着它烟云迷漫、波光闪耀的来处，幻想着它万里之外那充满魅力的源头。同国、同乡、同肤、同姓，都有一种共同的源头感。有着共同源头的人，身上必定潜在着一个共同的生命密码，神秘地相牵。

我望见坐在侧面的一位老者清瘦、文弱、似曾相识的面孔，心有所动，问道：

“你家乡在哪儿？”

“宁波。”他一开口，便依然带着很重的乡音。

我听了，随即说：

“我们五百年前是一家，我老家也在宁波。”

他马上叫起来：“现在就是一家，我们好近呀！”随即急渴渴向我打听故乡的情形。

多亏我头年途经故乡，有点见闻，才不致窘于回答。他一边听我讲，一边忽而大发感慨：“全都不一样了，不一样了……”忽而冲动地站起来，手一指，叫着：“那是伯伯带我去捉鱼的地方！”然后逼我讲出更多细节，仿佛直要讲得往事重现才肯作罢。

我怕冷落了同座其他人，才要转换话题，那些人却笑眯眯摆手说：

“不碍事，你再给他多讲讲吧……”

他们高兴这样旁听，直听得脸上全都散发出微醺的神气，好像与我的这位老乡分享着一种特殊的幸福，那便是得以慰藉的乡恋。

这老乡情不自禁把座椅一步步挪到我身前，面对面拼命问，使劲听。可惜我只在故乡停了一天，说不出更多见闻。但我发现，我随便扯些街道的名称、旧楼的式样、蔬菜的种类，他也都视如天国珍闻，引发他一串串更多的问题，以及感叹和惊叫。我更感到故乡伟大而神奇的力量。它像一块巨大的磁石，牢牢吸住一切属于它的人们，不管背离它多久多远。似乎愈远愈久，便愈感到它不可抗拒的引力……在我与这异国的华裔老乡分手之时，心中升起一份歉意。我想，我那次在故乡应该多住上几天，为了他，也为了我自己。

1991年4月　天津

珍珠鸟

真好！朋友送我一对珍珠鸟。放在一个简易的竹条编成的笼子里，笼内还有一卷干草，那是小鸟舒适又温暖的巢。

有人说，这是一种怕人的鸟。

我把它挂在窗前。那儿还有一盆异常茂盛的法国吊兰。我便用吊兰长长的、串生着小绿叶的垂蔓蒙盖在鸟笼上，它们就像躲进深幽的丛林一样安全；从中传出的笛儿般又细又亮的叫声，也就格外轻松自在了。

阳光从窗外射入，透过这里，吊兰那些无数指甲状的小叶，一半成了黑影，一半被照透，如同碧玉；斑斑驳驳，生意葱茏。小鸟的影子就在这中间隐约闪动，看不完整，有时连笼子也看不出，却见它们可爱的鲜红小嘴儿从绿叶中伸出来。

我很少扒开叶蔓瞧它们，它们便渐渐敢伸出小脑袋瞅瞅我。我们就这样一点点熟悉了。

三个月后，那一团愈发繁茂的绿蔓里边，发出一种尖细又娇嫩的鸣叫。我猜到，是它们有了雏儿。我呢？决不掀开叶片往里看，连添食加水时也不睁大好奇的眼去惊动它们。过不多久，忽然有一个小脑袋从叶间探出来。更小哟，雏儿！正是这个小家伙！

它小，就能轻易地由疏格的笼子钻出身。瞧，多么像它的母亲；红嘴红脚，灰蓝色的毛，只是后背还没有生出珍珠似的圆圆的白点；它好肥，整个身子好像一个蓬松的球儿。

起先，这小家伙只在笼子四周活动，随后就在屋里飞来飞去，一会儿落在柜顶上，一会儿神气十足地站在书架上，啄着书背上那些大文豪的名字；一会儿把灯绳撞得来回摇动，跟着跳到画框上去了。只要大鸟在笼里生气儿地叫一声，它立即飞回笼里去。

我不管它。这样久了，打开窗子，它最多只在窗框上站一会儿，决不飞出去。

渐渐它胆子大了，就落在我书桌上。

它先是离我较远，见我不去伤害它，便一点点挨近，然后蹦到我的杯子上，俯下头来喝茶，再偏过脸瞧瞧我的反应。我只是微微一笑，依旧写东西，它就放开胆子跑到稿纸上，绕着我的笔尖蹦来蹦去；跳动的小红爪子在纸上发出嚓嚓响。

我不动声色地写，默默享受着这小家伙亲近的情意。这样，它完全放心了。索性用那涂了蜡似的、角质的小红嘴，“嗒嗒”啄着我颤动的笔尖。我用手抚一抚它细腻的绒毛，它也不怕，反而友好地啄两下我的手指。

有一次，它居然跳进我的空茶杯里，隔着透明光亮的玻璃瞅我。它不怕我突然把杯口捂住。是的，我不会。

白天，它这样淘气地陪伴我；天色入暮，它就在父母的再三呼唤声中，飞向笼子，扭动滚圆的身子，挤开那些绿叶钻进去。

有一天，我伏案写作时，它居然落到我的肩上。我手中的笔不觉停了，生怕惊跑它。待一会儿，扭头看，这小家伙竟趴在我的肩头睡着了，银灰色的眼睑盖住眸子，小红脚刚好给胸脯上长长的绒毛盖住。我轻轻抬一抬肩，它没醒，睡得好熟！还咂咂嘴，难道在做梦！

我笔尖一动，流泻下一时的感受：

信赖，往往创造出美好的境界。

1984年1月　天津

日　　历

我喜欢用日历，不用月历。为什么？

厚厚一本日历是整整一年的日子。每扯下一页，它新的一页——光亮而开阔的一天便笑嘻嘻地等着我去填满。我喜欢日历每一页后边的“明天”的未知，还隐含着一种希望。“明天”乃是人生中最富魅力的字眼儿。生命的定义就是拥有明天。它不像“未来”那么过于遥远与空洞。它就守候在门外。走出了今天便进入了全新的明天。白天和黑夜的界线是灯光；明天与今天的界线还是灯光。每一个明天都是从灯光熄灭时开始的。那么明天会怎样呢？当然，多半还要看你自己的。你快乐它就是快乐的一天，你无聊它就是无聊的一天，你匆忙它就是匆忙的一天；如果你静下心来就会发现，你不能改变昨天，但你可以决定明天。有时看起来你很被动，你被生活所选择，其实你也在选择生活，是不是？

每年元月元日，我都把一本新日历挂在墙上。随手一翻，光溜溜的纸页花花绿绿滑过手心，散发着油墨的芬芳。这一刹那我心头十分快活。我居然有这么大把大把的日子！我可以做多少事情！前边的日子就像一个个空间，生机勃勃，宽阔无边，迎面而来。我发现时间也是一种空间。历史不是一种空间吗？人的一生不是一个漫长又巨大的空间吗？一个个“明天”，不就像是一间间空屋子吗？那就要看你把什么东西搬进来。可是，时间的空间是无形的，触摸不到的。凡是使用过的日子，立即就会消失，抓也抓不住，而且了无痕迹。也许正是这样，我们便会感受到岁月的匆匆与虚无。

有一次，一位很著名的表演艺术家对我讲她和她的丈夫的一件事。她唱戏，丈夫拉弦。他们很敬业。天天忙着上妆上台，下台下妆，谁也顾不上认真看对方一眼，几十年就这样过去了。一天老伴忽然惊讶地对她说：“哎哟，你怎么老了呢！你什么时候才老的呀？我一直都在你身边怎么也没发现哪！”她受不了老伴脸上那种伤感的神情。她就去做了美容，除了皱，还除去眼袋。但老伴一看，竟然流下泪来。时针是从来不会逆转的。倒行逆施的只有人类自己的社会与历史。于是，光阴岁月，就像一阵阵呼呼的风或是闪闪烁烁的流光；它最终留给你的只有是无奈而频生的白发和消耗中日见衰弱的身躯。为此，你每扯去一页用过的日历时，是不是觉得有点像扯掉一个生命的页码？

我不能天天都从容地扯下一页。特别是忙碌起来，或者从什么地方开会、活动、考察、访问归来，看见几页或十几页过往的日子挂在那里，黯淡、沉寂和没用；被时间掀过的日历好似废纸。可是当我把这一叠用过的日子扯下来，往往不忍丢掉，而把它们塞在书架的缝隙或夹在画册中间。就像从地上拾起的落叶。它们是我生命的落叶！

别忘了，我们的每一天都曾经生活在这一页一页的日历上。

记得一九七六年唐山大地震那天，我住在长沙路思治里十二号那个顶层上的亭子间被彻底摇散，震毁。我一家三口像老鼠那样找一个洞爬了出来。当我的双腿血淋淋地站在洞外，那感觉真像从死神的指缝里侥幸地逃脱出来。转过两天，我向朋友借了一架方形铁盒子般的海鸥牌相机，爬上我那座狼咬狗啃废墟般的破楼，钻进我的房间——实际上已经没有屋顶。我将自己命运所遭遇的惨状拍摄下来，我要记下这一切。我清楚地知道这是我个人独有的经历。这时，突然发现一堵残墙上居然还挂着日历——那蒙满灰土的日历的日子正是地震那一天：一九七六年七月二十八日，星期三，丙辰年七月初二。我伸手把它小心地扯下来。如今，它和我当时拍下的照片，已经成了我个人生命史刻骨铭心的珍藏了。

由此，我懂得了日历的意义。它原是我们生命忠实的记录。从“隐形写作”的含义上说，日历是一本日记。它无形地记载我每一天遭遇的、面临的、经受的，以及我本人应对与所作所为，还有改变我的和被我改变的。

然而人生的大部分日子是重复的——重复的工作与人际，重复的事物与相同的事物都很难被记忆。所以我们的日历大多页码都是黯淡无光。过后想起来，好似空洞无物。于是，我们就碰到一个非常重要的关于人本的话题——记忆。人因为记忆而厚重、智慧和变得理智。更重要的是，记忆使人变得独特。因为记忆排斥平庸。记忆的事物都是纯粹而深刻个人化的。所有个人都是一个独特的“个案”。记忆很像艺术家，潜在心中，专事刻画我们自己的独特性。你是否把自己这个“独特”看得很重要？广义地说，精神事物的真正价值正是它的独特性。无论是一个人，还是一种文化。记忆依靠载体。一个城市的记忆留在它历史的街区与建筑上，一个人的记忆在他的照片上、物品里、老歌老曲中，也在日历上。

然而，人不能只是被动地被记忆，我们还要用行为去创造记忆。我们要用情感、忠诚、爱心、责任感，以及创造性的劳动去书写每一天的日历。把这一天深深嵌入记忆里。我们不是有能力使自己的人生丰富、充实以及具有深度和分量吗？

所以我写过：

“生活就是创造每一天。”

我还在一次艺术家的聚会中说：

“我们今天为之努力的，都是为了明天的回忆。”

为此，每每到了一年最后的几天，我都是不肯再去扯日历。我总把这最后几页保存下来。这可能出于生命的本能。我不愿意把日子花得精光。你一定会笑我，并问我这样就能保存住日子吗？我便把自己在今年日历的最后一页上写的四句诗拿给你看：

岁月何其速，
哎呀又一年；
花叶全无迹，
存世惟诗篇。

正像保存葡萄最好的方式是把葡萄变为酒；保存岁月最好的方式是致力把岁月变为永存的诗篇或画卷。

现在我来回答文章开始时那个问题：为什么我喜欢日历？因为日历具有生命感。或者说日历叫我随时感知自己的生命并叫我思考如何珍惜它。

2002年12月28日

感 觉

黄昏时听音乐是种特殊享受。那当儿，暮色浓深，屋里的一切都迷蒙模糊，没有什么具体清晰的形象映入眼睑，搅乱头脑，心灵才能让听觉牵着梦游一般地飘入音乐的境界中去。哎，你是不是也有此同感?

我这感觉既强烈又奇妙，以致我怀疑自己有点神经质。记得那次绝对是个黄昏，大概听舒曼的《梦幻曲》吧！家里只有我自己，静静的空间灌满了那深沉而醉心的琴音。屋子的四角都黑了，窗前的东西变成一堆分辨不清的影子，只有窗玻璃上还依稀映着一点淡淡的橘色的夕照。

我的心像被这音乐洗过一样圣洁。不知是心沉浸在琴音里，还是琴音充溢我的心里，一股潜流似的婉转回旋。于是我被感动起来，随之而来，便是这种动心的感觉渐渐加强，心里的潜流形成一个疾转的漩涡，到了感动的潮头卷起，我忽然不能自已。好像有根无形的搅棒，把沉淀心底的乱七八糟的全都翻腾起来。说不出是什么难忘的事或感受过的情绪，也说不出是什么滋味，甜蜜？忧伤？思念？委屈？已经落空的企盼？留不住的甜美……一下子，大滴大滴的泪珠子竟然自个儿夺眶而出，滚过脸颊，啪啪掉在地上。我倚着门框，仰起头，衣襟很快就湿了一片。我完全不能自制，也不想自制，因为这决不是一种痛苦，而是一种异样的、令人颤栗的幸福的感觉。平日里，偶然给什么意外的事物的触发，也会生出这样一种感觉，却总是一掠而过，从来没有凝聚起来，这样有力地撞击我的心扉。

然而我不明白，这感觉是怎样来的，是那琴音招引来的？到底是哪个旋律、哪个和声打动的我？为什么以前听这支曲子从无这般的感受？更奇怪的是，以后，多少次，黄昏时，我设法支开家里的人，依旧在这光线晦暗、阴影重重的安寂的小屋里，独自倚门倾听这支曲子，但再也不曾出现那种忍俊不禁、苦乐交加的感受了。琴音像一阵微弱的风，难得再在我心中吹起浪头。怎么回事？

感觉是找不到的，只有它来找你。

两年后，我早已忘掉寻觅这感觉的念头，却意外碰到了它。

那是个深秋时节，刚刚下过一场蒙蒙小雨，天色将暮，人在户外，脸颊和双手都感到微微凉意。我才办完一件事回家，走在一条沿河的小道上。小河在左边，蜿蜒又清亮，缓斜的泥坡三三五五坐着一些垂柳；右边是一面石砌的高墙，不知当年是哪家豪门显贵的宅院。这石墙很长，向前延长很远。院内一些老杨树把它巨大的伞状的树冠伸出墙来。树上的叶子正在脱落，地上积了厚厚一层，枝上挂得不多。虽然无风，不时有一片巴掌大的褐色叶子，自个儿脱开枝干，从半空中打着各式各样的旋儿忽悠悠落下来，落在地上的叶子中间，立时混在一起，分不出来。大树也就立刻显得轻松一些似的。我踏着这落叶走，忽然发现一片叶子，异常显眼，它较比一般的叶子稍小，崭新油亮，分明是一片新叶。可惜它生不逢时，没有长足，胀满它每一个生命的细胞，散尽它的汁液与幽香，就早早随同老叶一同飘落。可是，大自然已经不可逆地到了落叶时节，谁又管它这一片无足轻重的叶子呢！我看见，这涂了一层蜡似的翠绿的叶面上汪着几滴晶亮的水珠，兴许是刚才的雨滴，却正像它无以言传的伤心的泪。它多么热爱这树上的生活——风里的喧哗，雨里的喧闹，阳光里闪动的光华，它多么切望在这树上多多流连一刻。生活，尽管给生命许许多多折磨、苦涩、烦恼、欺骗和不幸，谁愿意丢弃它？甚至依旧甘心把一切奉献给它。生活，你拿什么偿还一切生命对你的奉献？永远是希望么？

我怜惜地拾起这片绿叶，抬眼一望，蓦然发现高高的、被雨淋湿而发暗的墙头上，趴着一只雪白的猫，正呆呆瞧着我；杨树深处，有两扇玻璃反映着雨后如洗的蓝天，好像躲在暗处的一双美丽的眼睛……突然，就是这突然的一下，我被莫名地感动起来。那次听音乐时所产生的异样的感觉，又一次涌入我的心中，在我心里翻江倒海地搅动起来，视线又一次被止不住的大股热泪遮挡住了。我站在满地褐黄斑驳的落叶中间，贪婪地享受这又甜又苦的情感，并任使这情感尽情发泄和延长，多留它一些时候。谁知它只是这一小阵子，转眼竟然雾一般渐渐消散。好似一下子都拥聚与凝结起来的事物，又一下子分散开来，抓都抓不着。咦，这是怎么回事?

我手里拈着这片闪光而早落的叶子，痴呆呆地站着。

1982年11月12日

哦，中学时代……

人近中年，常常懊悔青少年时由于贪玩或不明事理，滥用了许多珍贵的时光。想想我的中学时代，我可算是个名副其实的“玩将”呢！下棋、画画、打球、说相声、钓鱼、掏鸟窝等，玩的花样可多哩。

我还喜欢文学。我那时记忆力极好，虽不能“过目成诵”，但一首律诗念两遍就能吭吭巴巴背下来。也许如此，就不肯一句一字细嚼慢咽，所记住的诗歌常常不准确。我还写诗，自己插图，这种事有时上课做。一心不能二用，便听不进老师在讲台上讲些什么了。

我的语文老师姓刘，他的古文底子颇好，要求学生分外严格，而严格的老师往往都是不留情面的。他那双富有捕捉力的目光，能发觉任何一个学生不守纪律的行动。瞧，这一次他发现我了。不等我解释就没收了我的诗集。晚间他把我叫去，将诗集往桌上一拍，并不指责我上课写诗，而是说：“你自己看看里边有多少错？这都是不该错的地方，上课我全都讲过了！”

他的神色十分严厉，好像很生气。我不敢再说什么，拿了诗集离去。后来，我带着那本诗集，也就是那些对文学浓浓的兴趣和经不住推敲的知识离开学校，走进社会。

社会给了我更多的知识。但我时时觉得，我离不开、甚至必须经常使用青少年时学到的知识，由此感到那知识贫薄、残缺、有限。有时，在严厉的编辑挑出来的许许多多的错别字、病句，或误用的标点符号时，只好窘笑。一次，我写了篇文章，引了一首古诗，我自以为记性颇好，没有核对原诗，结果收到一封读者客气又认真的来信，指出错处。我知道，不是自己的记性差了，而是当初记得不认真。这时我就生出一种懊悔的心情。恨不得重新回到中学时代，回到不留情面的刘老师身边，在那个时光充裕、头脑敏捷的年岁里，纠正记忆中所有的错误，填满知识的空白处。把那些由于贪玩而荒废掉的时光，都变成学习和刻苦努力的时光。哦，中学时代，多好的时代！

当然，这是一种梦想。谁也不能回到过去。只有抓住自己的今天，自己的现在，才是最现实的。而且我还深深地认识到，青年时以为自己光阴无限，很少有时间的紧迫感。如果你正当年少，趁着时光正在煌煌而亲热地围绕着你，你就要牢牢抓住它。那么，你就有可能把这时光变成希望的一切。你如果这样做了，你长大不仅会做出一番成就，而且会成为一个真正懂得生命价值的人！

1993年8月

捅马蜂窝

爷爷的后院小，它除去堆放杂物，很少人去，里边的花木从不修剪，快长疯了！枝叶纠缠，荫影深浓，却是鸟儿、蝶儿、虫儿们生存和嬉戏的一片乐土，也是我儿时的乐园。我喜欢从那爬满青苔的湿漉漉的大树干上，取下一只又轻又薄的蝉衣，从土里挖出筷子粗肥大的蚯蚓，把团团飞舞的小蠓虫赶到蜘蛛网上去。那沉甸甸压弯枝条的海棠果，个个都比市场买来的大。这里，最壮观的要数爷爷窗檐下的马蜂窝了，好像倒垂的一只大莲蓬，无数金黄色的马蜂爬进爬出，飞来飞去，不知忙些什么，大概总有百十只之多，以致爷爷不敢开窗子，怕它们中间哪个冒失鬼一头闯进屋来。

“真该死，屋子连透透气儿也不能，哪天请人来把这马蜂窝捅下来！”奶奶总为这个马蜂窝生气。

“不行，要蜇死人的！”爷爷说。

“怎么不行？头上蒙块布，拿竹竿一捅就下来。”奶奶反驳道。

“捅不得，捅不得。”爷爷连连摇手。

我站在一旁，心里却涌出一种捅马蜂窝的强烈欲望。那多有趣！当我给这个淘气的欲望鼓动得难以抑制时，就找来妹妹，乘着爷爷午睡的当儿，悄悄溜到从走廊通往后院的小门口。我脱下褂子蒙住头顶，用扣上衣扣儿的前襟遮盖下半张脸，只露一双眼。又把两根竹竿接绑起来，作为捣毁马蜂窝的武器。我和妹妹约定好，她躲在门里，把住关口，待我捅下马蜂窝，赶紧开门放我进来，然后把门关住。

妹妹躲在门缝后边，眼瞧我这非凡而冒险的行动。我开始有些迟疑，最后还是好奇战胜了胆怯。当我的竿头触到蜂窝的一刹那，好像听到爷爷在屋内呼叫，但我已经顾不得别的，一些受惊的马蜂轰地飞起来，我赶紧用竿头顶住蜂窝使劲地摇撼两下，只听“通”，一个沉甸甸的东西掉下来，跟着一团黄色的飞虫腾空而起，我扔掉竿子往小门那边跑，谁料到妹妹害怕，把门在里边插上，她跑了，将我关在门外。我一回头，只见一只马蜂径直而凶猛地朝我扑来，好像一架燃料耗尽、决心相撞的战斗机。这复仇者不顾一死而拼死的气势使我惊呆了。瞬间只觉眉心像被针扎似的剧烈地一疼，挨蜇了！我下意识地用手一拍，感觉我的掌心触到它可怕的身体。我吓得大叫，不知道谁开门把我拖到屋里。

当夜，我发了高烧。眉心处肿起一个枣大的疙瘩，自己都能用眼瞧见。家里人轮番用醋、酒、黄酱、万金油和凉手巾把儿，也没能使我那肿疮迅速消下来。转天请来医生，打针吃药，七八天后才渐渐复愈。这一下好不轻呢！我生病也没有过这么长时间，以致消肿后的几天里不敢到那通向后院的小走廊上去，生怕那些马蜂还守在小门口等着我。

过了些天，惊恐稍定，我去爷爷的屋子，他不在，隔窗看见他站在当院里，摆手召唤我去，我大着胆子去了。爷爷手指着窗根处叫我看，原来是我捅掉的那个马蜂窝，却一只马蜂也不见了，好像一只丢弃的干枯的大莲蓬头。爷爷又指了指我的脚下，一只马蜂！我惊吓得差点叫起来，慌忙跳开。

“怕什么，它早死了！”爷爷说，“这就是蜇你的那只马蜂，可能被你那一拍，拍死的。”

仔细瞧，噢，原来是死的。仰面朝天躺在地上，几只黑蚂蚁在它身上爬来爬去。

“马蜂就是这样，你不惹它，它不蜇你。”爷爷说。

“那它干吗还要蜇我呢，这样它自己不也完了吗？”

“你毁了它的家——那是多大一个家呀！它当然要跟你拼命的！”爷爷说。

我听了心里暗暗吃惊。一只小虫竟有这样的激情和勇气。低头再瞧瞧那只马蜂，微风吹着它，轻轻颤动，好似活了一般。我不禁想起那天它朝我猛扑过来时那副生死不顾的架势，与毁坏它们生活的人拼出一切，真像一个英雄……我面对这壮烈牺牲的小飞虫的尸体，似乎有种罪孽感沉重地压在我的心上。

那一窝马蜂呢，被我扰得无家可归的一群呢，它们还会不会回来重建家园？我甚至想用胶水把那只空空的蜂窝粘上去。

这一年，我经常站在爷爷的后院里，始终没有等来一只马蜂。

转年开春，有两只马蜂飞到爷爷的窗檐下，落到被晒暖的木窗框上，然后还在过去的旧巢的残迹上爬了一阵子，跟着飞去而不再来。空空又是一年。

第三年，风和日丽之时，爷爷忽叫我抬头看，隔着窗玻璃看见窗檐下几只赤黄色的马蜂忙来忙去。在这中间，我忽然看到，一个小巧的、银灰色的、第一间蜂窝已经筑成了。

于是，我和爷爷面对面开颜而笑，笑得十分舒心。我不由得暗暗告诉自己，再不做一件伤害旁人的事。

1982年11月17日

2010年1月　新

花　脸

做孩子的时候，盼过年的心情比大人来得迫切，吃穿玩乐花样都多，还可以把拜年来的亲友塞到手心里的一小红包压岁钱都积攒起来，做个小富翁。但对于孩子们来说，过年的魅力还有更一层深在的缘故，便是我要写在这几张纸上的。

每逢年至，小闺女们闹着戴绒花、穿红袄、嘴巴涂上浓浓的胭脂团儿；男孩子们的兴趣都在鞭炮上，我则不然，最喜欢的是买个花脸戴。这是种纸浆轧制成的面具，用掺胶的彩粉画上戏里边那些有名有姓、威风十足的大花脸。后边拴根橡皮条，往头上一套，自己俨然就变成那员虎将了。这花脸是依脸型轧的，眼睛处挖两个孔，可以从里边往外看。但鼻子和嘴的地方不通气儿，一戴上，好闷，还有股臭胶和纸浆的味儿；说出话来，声音变得低粗，却有大将威武不凡的气概，神气得很。

一年年根，舅舅带我去娘娘宫前年货集市上买花脸。过年时人都分外有劲，挤在人群里好费力，终于从挂满在一条横竿上的花花绿绿几十种花脸中，惊喜地发现一个。这花脸好大，好特别！通面赤红，一双墨眉，眼角雄俊地吊起，头上边凸起一块绿包头，长巾贴脸垂下，脸下边是用马尾做的很长的胡须。这花脸与那些愣头愣脑、傻头傻脑、神头鬼脸的都不一样。虽然毫不凶恶，却有股子凛然不可侵犯的庄重之气，咄咄逼人。叫我看得直缩脖子，要是把它戴在脸上，管叫别人也吓得缩脖子。我竟不敢用手指它，只是朝它扬下巴，说："我要那个大红脸！"

卖花脸的小罗锅儿，举竿儿挑下这花脸给我，龇着黄牙笑嘻嘻说："还是这小少爷有眼力，要做关老爷！关老爷还得拿把青龙偃月刀呢！我给您挑把顶精神的！"就着从戳在地上的一捆刀枪里，抽出一柄最漂亮的大刀给我。大红漆杆，金黄刀面，刀面上嵌着几块闪闪发光的小镜片，中间画一条碧绿的小龙，还拴一朵红缨子。这刀！这花脸！没想到一下得到两件宝贝。我高兴得只是笑，话都说不出。舅舅付了钱，坐三轮车回家时，我就戴着花脸，倚着舅舅的大棉袍执刀而立，一路引来不少人瞧我，特别是那些与我这般大的男孩子们投来艳羡的目光时，使我快活至极。舅舅给我讲了许多关公的故事，过五关、斩六将，温酒斩华雄。边讲边说："你好英雄呀！"好像在说我的光荣史。当他告诉我这把青龙偃月刀重八十斤，我简直觉得自己力大无穷。舅舅还教我用京剧自报家门的腔调说：

"我——姓关，名羽，字云长。"

到家，人人见人人夸，妈妈似乎比我更高兴。连总是厉害地板着脸的爸爸也含笑称我“小关公”。我推开人们，跑到穿衣镜前，横刀立马地一照，呀，哪里是小关公，我是大关公哪!

这样，整个大年三十我一直戴着花脸，谁说都不肯摘，睡觉时也戴着它，还是睡着后我妈妈轻轻摘下放在我枕边的，转天醒来头件事便是马上戴上，恢复我这“关老爷”的本来面貌。

大年初一，客人们陆陆续续来拜年，妈妈喊我去，好叫客人们见识见识我这关老爷。我手握大刀，摇晃着肩膀，威风地走进客厅，憋足嗓门叫道：“我——姓关，名羽，字云长。”

客人们哄堂大笑，都说：“好个关老爷，有你守家，保管大鬼小鬼进不来!”

我愈发神气，大刀呼呼抡两圈，摆个张牙舞爪的架势，逗得客人们笑个不停。只要客人来，妈妈就喊我出场表演。妈妈还给我换上只有三十夜拜祖宗时才能穿的那件青缎金花的小袍子。我成了全家过年的主角。连爸爸对我也另眼看待了。

我下楼一向不走楼梯。我家楼梯扶手是整根的光亮的圆木。下楼时便一条腿跨上去，“哧溜”一下滑到底。这时我就故意躲在楼上，等客人来突然由天而降，叫他们惊奇，效果会更响亮!

初一下午，来客进入客厅，妈妈一喊我，我跨上楼梯扶手飞骑而下，呜呀呀大叫一声闯进客厅，大刀上下一抡，谁知用力过猛，脚底没根，身子栽出去，“叭”的巨响，大刀正砍在花架上一尊插桃枝的大瓷瓶上，哗啦啦粉粉碎，只见瓷片、桃枝和瓶里的水飞向满屋，一个瓷片从二姑脸旁飞过，险些擦上了；屋内如淋急雨，所有人穿的新衣裳都是水渍；再看爸爸，他像老虎一样直望着我，哎哟，一根开花的小桃枝迎面飞去，正插在他梳得油光光的头发里。后来才知道被我打碎的是一尊祖传的乾隆官窑百蝶瓶，这简直是死罪！我坐在地上吓傻了，等候爸爸上来一顿狠狠地揪打。妈妈的神气好像比我更紧张，她一下抓不着办法救我，瞪大眼睛等待爸爸的爆发。

就在这生死关头，二姑忽然破颜而笑，拍着一双雪白的手说道：

“好呵，好呵，今年大吉大利，岁（碎）岁（碎）平安呀！哎，关老爷，干吗傻坐在地上，快起来，二姑还要看你耍大刀哪！”

谁知二姑这是使什么法术，绷紧的气势霎时就松开了。另一位姨婆马上应和说：“旧的不去，新的不来，不除旧，不迎新。您等着瞧吧，今年非抱个大金娃娃不成，是吧！”她满脸欢笑朝我爸爸说，叫他应声。其他客人也一拥而上，说吉祥话，哄爸爸乐。

这些话平时根本压不住爸爸的火气，此刻竟有神奇的效力，迫使他不乐也得乐。过年乐，没灾祸。爸爸只得嘿嘿两声，点头说：

“呵，好、好、好……”

尽管他脸上的笑纹明显含着被克制的怒意，我却奇迹般地因此逃脱开一次严惩。妈妈对我丢了眼色，我立刻爬起来，拖着大刀，狼狈而逃。身后还响着客人们着意的拍手声、叫好声和笑声。

往后几天里，再有拜年的客人来，妈妈不再喊我，节目被取消了。我躲在自己屋里很少露面，那把大刀也掖在床底下，只是花脸依旧戴着，大概躲在这硬纸后边再碰到爸爸时有种安全感。每每从眼孔里望见爸爸那张阴沉含怒的脸，不再觉得自己是关老爷，而是个可怜虫了！

过了正月十五，大年就算过去了。我因为和妹妹争吃撤下来的祭灶用的糖瓜，被爸爸抓着腰提起来，按在床上死揍了一顿。我心里清楚，他是把打碎花瓶的罪过加在这件事上一起清算，因为他盛怒时，向我要来那把惹祸的大刀，用力折成段，大花脸也撕成碎片片。

从这事，我悟到一个祖传的概念：一年之中唯有过年这几天是孩子们的自由日，在这几天里无论怎样放胆去闹，也不会立刻得到惩罚。这便是所有孩子都盼望过年深在的缘故。当然那被撕碎的花脸也提醒我，在这有限的自由里可得勒着点自己，当心事后加倍地算账。

1989年正月十六

麻　雀

这种褐色、带斑点、乌黑的尖嘴小鸟，为什么要在城市里落居为生，我想，一定有个生动并颇含哲理意味的故事。不过这故事只能虚构了。

这是群精明的家伙。贼头贼脑，又机警，又多疑，似乎心眼儿极多，北方人称它们为“老家贼”。

它们从来不肯在金丝笼里美餐一顿精米细食，也不肯在镀银的鸟架上稍息片刻。如果捉它一只，拴上绳子，它就要朝着明亮的窗子，一边尖叫，一边胡乱扑飞；飞累了，就垂下来，像一个秤锤，还张着嘴喘气。第二天早上，它已经伸直腿，闭上眼死掉了。它没有任何可驯性，因此它不是家禽。

它们不像燕子那样，在人檐下搭窝。而是筑巢在高楼的犄角，或者在光秃秃的大墙中间，脱落掉一两块砖的洞眼儿里。在那儿，远远可见一些黄黄的草，五月间，便由那里传出雏雀儿一声声柔细的鸣叫。这些巢儿总是离地很远，又高又险，人手摸不到的地方。

经常同人打交道，它懂得人的恶意。只要飞进人的屋子，人们总是先把窗子关上，然后连扑带打，跳上跳下，把它捉住，拿出去给孩子们玩弄，直到它死掉。从来没有人打开窗子放它飞去。因此，一辈辈麻雀传下来的一个警句，就是：不要轻易相信人。麻雀生来就不相信人。它长着土的颜色，为了混淆人的注意力。它活着，提心吊胆，没有一刻得以安心。逆境中磨炼出来的聪明，是它活下去的本领。它们几千年来生活在人间，精明成了它们必备的本领。你看，所有麻雀不都是这样吗？春去秋来的候鸟黄莺儿，每每经过城市都要死去一批，麻雀却在人间活下来。

它们每时每刻都在躲闪人，不叫人接近它们，哪怕那个人并没看见它，它也赶忙逃掉；它要在人间觅食，还要识破人们布下的种种圈套，诸如支起的箩筐，挂在树上的铁夹子，张在空间的透明的网等，并且在这上边、下边、旁边撒下一些香喷喷的米粒面渣。还有那些特别智巧的人发明的一种又一种奇特的新捕具。

有时地上有一粒遗落的米，亮晶晶的，那么富于魅力地诱惑着它。它只能用饥渴的眼睛远远盯着它，却没有飞过去叼起来的勇气。它盯着，叫着，然后腾身而去——这因为它看见了无关的东西在晃动，惹起它的疑心或警觉，或者无端端地害怕起来。它把自己吓跑。这样便经常失去饱腹的机会，同时也免除了一些可能致死的灾难。

这种活在人间的鸟儿，长得细长精瘦，有一双显得过大的黑眼睛，目光却十分锐利。由于时时提防人，反而要处处盯着人的一举一动。脑袋仿佛一刻不停地转动着，机警地左顾右盼；起飞的动作有如闪电，而且具有长久不息的飞行耐力。

它们总是吃不饱，需要往返不停地奔跑，而且见到东西就得快吃。有时却不能吃，那是要叼回窝去喂饱羽毛未丰的雏雀儿。

雏雀长齐翅膀，刚刚学飞时，是异常危险的。它们跌跌撞撞，落到地上，就要遭难于人们的手中。更可怕的是，这些天真的幼雀，总把人料想得不够坏。因此，大麻雀时常对它们发出警告。诗人们曾以为鸟儿呢喃是一种开心的歌唱。实际上，麻雀一生的喊叫中，一半是对同伴发出的警戒的呼叫。这鸣叫里包含着惊心和紧张。人可以把夜莺儿的鸣叫学得乱真，却永远学不会这种生存在人间的小鸟的语言。

愉快的声调是单纯的，痛苦的声音有时很奇特；喉咙里的音调容易仿效，心里的声响却永远无法模拟。

如果雏雀被人捉到，大麻雀就会置生死于度外地扑来营救。因此人们常把雏雀捉来拴好，要弄得它吱吱叫喊，旁边设下埋伏，来引大麻雀入网。这种利用血缘情感来捕杀麻雀，是万无一失的。每每此时，大麻雀总是失去理智地扑去，结果做了人们晚间酒桌上一碟新鲜的佳肴。

在这些小生命中间，充满了惊吓、危险、饥荒、意外袭击和一桩桩想起来后怕的事，以及难得的机遇——院角一撮生霉的米。

它们这样劳碌奔波，终日躲避灾难，只为了不入笼中，而在各处野飞野跑。大多数鸟儿都习惯一方天地的笼中生活，用一身招徕人喜欢的羽翼，耍着花腔，换得温饱。唯有麻雀甘心在风风雨雨中，过着饥饿疲惫又担惊受怕的日子。人憎恶麻雀的天性。凡是人不能喂养的鸟儿，都称作“野鸟”。

但野鸟可以飞来飞去；可以直上云端，徜徉在凉爽的雨云边；可以掠过镜子一样的水面；还可以站在钻满绿芽的春树枝头抖一抖疲乏的翅膀。可以像笼鸟们梦想的那样。

到了冬天，人们关了窗子，把房内烧暖，麻雀更有一番艰辛，寒冽的风整天吹着它们。尤其是大雪盖严大地，见不到食物，它们常常忍着饥肠饿肚，一串串落在人家院中晾衣绳上，瑟缩着头，细细的脚给肚子的毛盖着。北风吹着它们的胸脯，远看像一个个褐色的绒球。同时它们的脑袋仍在不停地转动，还在不失对人为不幸的警觉。

哎，朋友，如果你现在看见，一群麻雀正在窗外一家楼顶熏黑的烟囱后边一声声叫着，你该怎么想呢？

1970年2月　写

1982年6月　整理

苦　夏

这一日，终于撂下扇子。来自天上干燥清爽的风，忽吹得我衣飞举，并从袖口和裤管钻进来，把周身滑溜溜地抚动。我惊讶地看着阳光下依旧夺目的风景，不明白数日前那个酷烈非常的夏天突然到哪里去了。

是我逃遁似的一步跳出了夏天，还是它就像七六年的“文化大革命”那样——在一夜之间崩溃？

身居北方的人最大的福分，便是能感受到大自然的四季分明。我特别能理解一位新加坡朋友，每年冬天要到中国北方住上十天半个月，否则会一年里周身不适。好像不经过一次冷处理，他的身体就会发酵。他生在新加坡，祖籍中国河北；虽然人在“终年都是夏”的新加坡长大，血液里肯定还执着地潜在着大自然四季的节奏。

四季是来自于宇宙的最大的拍节。在每一个拍节里，大地的景观便全然变换与更新。四季还赋予地球以诗，故而悟性极强的中国人，在四言绝句中确立的法则是：起，承，转，合。

这四个字恰恰就是四季的本质。起始如春，承续似夏，转变若秋，合拢为冬。合在一起，不正是地球生命完整的一轮？为此，天地间一切生命全都依从着这一拍节，无论岁岁枯荣与生死的花草百虫，还是长命百岁的漫漫人生。然而在这生命的四季里，最壮美和最热烈的不是这长长的夏么？

女人们孩提时的记忆散布在四季；男人们的童年往事大多是在夏天里。这由于，我们儿时的伴侣总是各种各样的昆虫。蜻蜓、天牛、蚂蚱、螳螂、蝴蝶、蝉、蚂蚁、蚯蚓，此外还有青蛙和鱼儿。它们都是夏日生活的主角；每种昆虫都给我们带来无穷的快乐。甚至我对家人和朋友们记忆最深刻的细节，也都与昆虫有关。比如妹妹一见到壁虎就发出一种特别恐怖的尖叫，比如邻家那个斜眼的男孩子专门残害蜻蜓，比如同班一个最好看的女生头上花形的发卡，总招来蝴蝶落在上边；再比如，父亲睡在铺了凉席的地板上，夜里翻身居然压死了一只蝎子。这不可思议的事使我感到父亲的无比强大。后来父亲挨斗，挨整，写检查；我劝慰和宽解他，怕他自杀，替他写检查——那是我最初写作的内容之一。这时候父亲那种强大感便不复存在。生活中的一切事物，包括夏天的意味全都发生了变化。

在快乐的童年里，根本不会感到蒸笼般夏天的难耐与难熬。唯有在此后艰难的人生里，才体会到苦夏的滋味。快乐把时光缩短，苦难把岁月拉长，一如这长长的仿佛没有尽头的苦夏。但我至今不喜欢谈自己往日的苦楚与磨砺。相反，我却从中领悟到“苦”字的分量。苦，原是生活中的蜜。人生的一切收获都压在这沉甸甸的苦字的下边。然而一半的苦字下边又是一无所有。你用尽平生的力气，最终所获与初始时的愿望竟然去之千里。你该怎么想?

于是我懂得了这苦夏——它不是无尽头的暑热的折磨，而是我们顶着毒日头默默又坚忍的苦斗的本身。人生的力量全是对手给的，那就是要把对手的压力吸入自己的骨头里。强者之力最主要的是承受力。只有在匪夷所思的承受中才会感到自己属于强者，也许为此，我的写作一大半是在夏季。很多作家包括普希金不都是在爽朗而惬意的秋天里开花结果?我却每每进入炎热的夏季，反而写作力加倍地旺盛。我想，这一定是那些沉重的人生的苦夏，煅造出我这个反常的性格习惯。我太熟悉那种写作久了，汗湿的胳膊粘在书桌玻璃上的美妙无比的感觉。

在维瓦尔第的《四季》中，我常常只听“夏”的一章。它使我激动，胜过春之蓬发、秋之灿烂、冬之静穆。友人说“夏”的一章，极尽华丽之美。我说我从中感受到的，却是夏的苦涩与艰辛，甚至还有一点儿悲壮。友人说，我在这音乐情境里已经放进去太多自己的故事。我点点头，并告诉他我的音乐体验。音乐的最高境界是超越听觉；不只是它给你，更是你给它。

年年夏日，我都会这样体验一次夏的意义，从而激情迸发，心境昂然。一手撑着滚烫的酷暑，一手写下许多文字来。

今年我还发现，这伏夏不是被秋风吹去的，更不是给我们的扇子轰走的——

夏天是被它自己融化掉的。

因为，夏天的最后一刻，总是它酷热的极致。我明白了，它是耗尽自己的一切，才显示出夏的无边的威力。生命的快乐是能量淋漓尽致地发挥。但谁能像它这样，用一种自焚的形式，创造出这火一样辉煌的顶点？

于是，我充满了夏之崇拜！我要一连跨过眼前的辽阔的秋，悠长的冬和遥远的春，再一次邂逅你，我精神的无上境界——苦夏！

1999年8月 天津

书　桌

我有张小小的书桌。它又窄又矮，破旧极了。在外人眼里简直不成样子。上边的漆成片地剥落下来，残余的漆色变得晦暗发黑，连我自己都认不准它最初是什么颜色。桌面又满是划痕、硬伤，还有热水杯烫成的一个个套起来的深深浅浅的白圈儿。它一边只有三个小抽屉，抽屉的把手早不是原套了。一个是从破箱子上移来的铜把手，另两个是后钉上去的硬木条。别看它这副模样，三十年来，却一直放在我的窗前，我房间透进光来的地方。我搬过几次家，换过几件家具，但从来没有想到处理掉它……

“这么难看还要它干吗?！要是我早劈掉生火了!”

“它又不实用。你这么大人将就这样一个小桌子，早晚得驼背!”

“你怎么就是不肯扔掉这破玩意儿。难道它是件宝？你说呀……”

我笑而不答。那淡淡的笑意里包含着任何知己都难以理解、难以体会到的一种，一种……一种什么呢？

没有共同的经历就不会有同感。有时，同感能发挥出非常奇妙的作用，它能成为两颗心相融的最短、最直接的通道。如果没有同感，说它做什么？还不如独自一人到树林里，踩着落叶，自己对自己默默地说它一阵子，排遣出来，倒是一种慰安。

我无法想起，究竟是什么时候，我开始使用这小桌的。我只模模糊糊记得，最初，我是站在它前面写写画画，而不是坐着。待我要坐下时，屁股下边必须垫上书包、枕头或一大沓画报，才能够得上桌面……

记忆里，幼时的事，都是穿不成串儿的珠子。这珠子却在记忆的深井的底儿滴溜溜、闪闪发光地打转，很难抓住它们——

我把“人”字总误写成“入”字，就在这桌上吧！

我一排排地晾干弹弓子用的小泥球儿，就在这桌上吧！

我在小木板上钉钉子，就在这桌上吧！

对，就在这儿。桌面上原来有一块能够照见自己脸儿的光光的玻璃板，给我钉钉子时打碎了——这件事我可记得清清楚楚，为此我还挨爸爸一通好打呢！也许打得太疼，我才记得十分牢。但过后我却一点也不后悔。因为，从此我做过的、经历过的、经受过的许许多多的事，都在这没有玻璃板保护的桌面上留下了痕迹。

桌面上净是些小瘪坑。有的坑儿挺深，像个洞眼，蚂蚁爬到那儿，得停一下，迟疑片刻，最后绕过去……细细瞧吧，还满是划痕呢，横竖歪斜，有的深，如一道沟；有的轻浅，还有的比蛛丝还细。这细细的印痕，是不是当初刮铅笔尖留下的？那一条条长长的道道儿，是不是随意用指甲划上去的？那儿黑乎乎的一块儿，是不是过年做灯笼，烤弯竹条时碰倒了蜡烛烧的？分辨不清了，原因不明了，全搅在一起了；这中间还混着许多字迹，钢笔的、铅笔的、墨笔的，还有用什么硬东西刻上去的。也有画上去的形象，有的完整，有的破碎——一只靴子啦，枪啦，一张侧面脸啦，这是不是我的自画像？年深日久，早都给磨得模糊一片。痕迹斑驳的桌面，有如一块风化得相当厉害、漫漶不清的碑石。

但我从中细心查辨，也能认出某些痕迹的来由，想起这里边包含着的、只有我才知道的故事，并联想到与此有关或无关的、早已融进往昔岁月中的童年生活。

为此，我很少用湿布去拭抹它。

只有一次例外。那是我上小学四年级时。我前排坐着一个女同学，十分瘦弱。她年龄与我一般大，个子却比我矮一头。两条短短的黄辫儿，简直是两根麻绳头。一天，上语文课，我没听讲，却悄悄把眼前的两条黄辫子拴在这女同学的椅子背儿上。正巧老师叫她回答问题，她一起身，拴住的辫子扯得她头痛得大叫。我的语文老师姓李，瘦削的脸满是黑胡茬，连脸颊上都是。一副黑边的近视镜遮住他的眼神，使我头次见到他时以为他挺凶，其实他温和极了。他对我们调皮的忍耐限度比别的老师都大。但不知为什么，那天他好厉害，把我一把拉到课堂前，叫我伸出双手，狠狠打了十多板子。他真生气呢！气呼呼地直喘，什么话也说不出来了，只指着门瞪圆眼对我吼道："走！快走！"我离开了课堂，一路跑回家。我手疼倒没什么，但当众挨打受罚，我的自尊心受不了。于是，我眼泪汪汪地在桌上写了"李老师是狗！"几个字。我写得那么痛快和解气，好像这几个字给我报了什么"仇"似的。这几个字就相当威风地在我桌上保留了好长时间。

在表的嘀嗒声中，在上下课的铃声中，在雨和雪轮番交替地敲打窗子声中，我长大起来，事也懂得多了。桌上那几个字却不那么神气了。反而怕被人瞧见，似乎成了一种不光彩、甚至是耻辱的污迹，我带着一种说不清是对李老师，还是对长大后再也遇不到那个瘦弱的女同学的愧疚心情，用手巾尖儿蘸些水使劲把这几个字抹下去。

真奇怪！字儿抹掉了，好像心里干净了一些。

我上了中学，毕业了，参加了工作。我的许多事，写信、写文章、画画、吃东西，做些什么零七八碎的事都在这桌上，它一直伴随着我。

但它在我长大起来的身躯前，渐渐显得矮小，不合用了；而且用久了，愈来愈破旧，在后来买进来的新家具中间，显得寒碜和过时。它似乎老了，早完成了使命，在人世间物换星移的常规里等待着接受取代。

有一天我画画。画幅大，桌面小。不得不把一半画纸垂到桌下，先画铺在桌面上的一半；待画得差不多时，再拉上纸来画另一半。这样就很难照顾到画面的整体感，我画得那么别扭，真急了，止不住愤愤地骂道：

“真该死，这破桌子！”

它听着，不吭一声。等我画好了画儿，张挂起来；画面却意外地好。我十分快活，早把桌子忘在一旁。它呢？依然默默旁立。它就是这样与我为伴，好像我不抛掉它，它就一心而从无二意地跟随着我。是不是由于它仅仅是无生命的物品，我从未把它作为一只小猫、小鸟、小兔那样的伴侣？但是，小兔死了，小猫跑了，小鸟飞了，它却不声不响地有心地记下我生活经历过的许多酸甜苦辣。并顺从地任我做任何有损于它的事。当一次我听说自己遭遇不幸，是因为被一位多年来与我非常要好的朋友出卖时，我忍受不住，发疯似的猛地一拍桌面：

“啪！”

桌面上出现一条长长的裂缝；我那颗初入社会纯真的心上，也暗暗出现一条裂痕。它竟同我一样。

从此，我便不觉地爱护起它来了。

我有过一个女朋友。她是一只快乐的小鸟——那早晨站在沾着露水的枝头抖动翅膀、在阳光里飞来飞去、在烟囱上探头探脑的小鸟。她总笑。她整天似乎除去快乐什么也不知道。她在任何一群人中出现，都能极快地把快乐通过笑、通过活泼的目光、通过喜气洋洋的俊俏的小脸儿、通过率真的动作，传染给每一个人。我说她的快乐是照眼的、悦耳的、香喷喷的，是魔术。我称她为“快乐女神”。

她一双腿长长的。爱穿一条淡蓝色的短裙。她一进屋来，常常是一蹦就坐到小书桌上——这或许是她还带着些孩子气儿；或许她腿长，桌子矮，坐上去正合适。

我呢？过去吻她高矮也正好。我吻她，她不让。一忽儿把脸甩向左边，一忽儿又甩到右边，还调皮地笑着。她那光滑的短发像穗子一样在我笨拙的嘴唇上蹭来蹭去。

以后，由于挺复杂的原因，她终于说：“我们的爱没有物质土壤，幻想的种子连幻想也结不出来了。”这句话，她说了许多遍，一次比一次肯定，最后她无可奈何又断然地离去了。

稀奇的是，那快乐女神始终与我这哑巴桌子连在一起。每当我的目光碰到桌沿，就会幻觉出她当初坐在桌上的样子。浅蓝色的短裙扇状地铺开，一双直直又顺溜儿的长腿垂下来，两只小巧的脚交叉地别着。这时她那动听的笑声好似又在桌上的空间里发出来。

我需要记着的，这桌儿都给我记着了。而那女神与我临别时掉在桌上的泪滴，却一点痕迹也没留下。大概那不是泪，而是水滴。

桌上唯有一处大硬伤。那是——那天，一群穿绿服装、臂套红色袖章的男女孩子们闯进我家来。每人拿一把斧头，说要“砸烂旧世界”，我被迫站在门口表示欢迎，并木然地瞅着他们在顷刻间，把我房间里的一切胡乱砸一通。其中有个姑娘，模样挺端正，但她的眼神叫我害怕。她不吵不闹，砸起东西来异乎寻常地细致。她在屋里转来转去，把尚且完整的东西翻出来，一件件、有条不紊地敲得粉碎。然后，她翻出我一本相册，把里面的照片一张张抽出来，全都撕成两半。她做这些事时，脸上没有任何表情。

她忽然把一张照片面对我，问：

“这是谁？”

这是我那“快乐女神”的。我说：

“一个朋友。”

她微微现出一种冷笑，一双秀气的眼睛直盯着我，两只白白的手把这照片撕成细小的碎片。我至今不明白，在那时为什么一些女孩子干这种事时，反比男孩子们干得更彻底、更狠心、更无情。相册中所有女人的照片——我姐姐、妻子、母亲的，她撕得尤其凶，“唰、唰、唰”地响。仿佛此刻她心里有什么受不了的情感折磨着她，迫使她这样做。

最后，她临去时，一眼瞥见我的书桌。大约这书桌过于破旧，开始时并没引起他们的兴趣。此刻在一堆碎物中间，反而惹眼了。她撇向一边的薄薄的唇缝里含着一种讥讽：

“你还有这么个破玩意儿！”

随手一斧子，正砍在桌角上。掉下一块挺大的木茬。

就这样，我过去生活的一切，无论是快乐和幸福的，还是忧愁和不幸的，都留在桌上了。哪怕我忘了，它会无声地提醒我。

它就摆在我窗前。从窗子透进的光笼罩着它。我窗外是一棵大槐树的树冠。这树冠摇曳婆娑的影子总是和阳光一起投照在我这小小的桌面上。

每当这树冠的枝影间满是小小的黑点时，那是春天；黑点点儿则是大槐树初发的芽豆豆。这期间，偶尔还有一种俗名叫作“绿叶儿”的候鸟，在枝间伶俐地蹦跳的影子出现在桌面上。夏天来了，树影日浓，渐渐变成一块荫凉，密密实实地遮盖住我的小桌。等到那块厚厚的荫凉破碎了，透现出一些晃动着的阳光的斑点时，秋风还会把一两片变黄的叶子吹进窗；像几只金色的小船，落在我这如同无风的水面一般平光光的桌面上。随后该关窗子了，玻璃蒙上了薄薄的水蒸气。那片叶无存、光秃秃、只剩下枝丫的树影，便像一张朦胧模糊的大网，把我的小桌罩住……

我常常被这些情景弄得发呆。谁说它丑？它无用？它应当被丢弃？它有着任何华贵的物品都无法代替的风韵和诗意。在它的更深处，甚至还潜藏着思想。

尤其是在阴雨的日子里，乌云像拉上的厚帘子把窗户遮暗了，小桌变成黑影，很像一块浓雾里的礁石，黑黝黝的，沉默无语。忽然一道闪电把它整个照亮，它那桌面上反射着可怕的蓝色的电光。但在这一瞬间的强光里，它上边的一切痕迹都清晰地显现出来，留在这中间的往事一下子全都复活了……

我闭上眼，情愿被再现在幻觉中的往事深深地感动着。

我终于失去了它。

在地震中，塌落下来的屋顶把它压垮。我的孩子正好躲在桌下，被它保护住了生命。它才是真正地为我献出了一切呢！等我从废墟中把它找出来，只是一堆碎木板、木条和木块了。我请来一个能干的木匠，想把它复原。木匠师傅瞅着它，抽着烟，最后摇了摇头。并且莫名其妙地瞧了我一眼，显然他不明白我何以有此意图——又不是复原一件破损的稀世古物。

它就这样在我的生活中没了。

我需要书桌，只得另买一张。新买的桌子宽大、实用、漆得锃亮，高矮也挺合适。我每每坐在这崭新却陌生的大书桌前，就觉得过去的一切像那不能再生的书桌一样，烟消云散，虚无缥缈，再也无从抓住似的……

我因此感到隐隐的忧伤。不由得想起几句话，却想不起是谁说的了：

“呵，生活，你真迷人……哪怕是久已过去的，也叫人割舍不得；哪怕是不幸的，也渐渐能化为深沉的诗。”

1980年11月12日　天津

冷　脸

南门外有位铁匠，四十多岁，怪人，他从来不笑，脸总阴着，外号冷脸。

他不是脾气怪才没笑脸；他打小就没笑过，无论嘛事，人都笑了，甚至捧腹大笑，笑破肚子，他也不笑。他那张脸就像用铁皮敲出来的盘子，又黑又硬，赛个铁面人。

冷脸是打保定府来的，在天津至少待了二十年，人有点倔，性子闷，不好结交，没人知道他的事。后来，不知打哪儿传出一段他不会笑的根由，说他爹是钉马掌的，他四五岁的时候，站在一边看他爹钉马掌，那马忽然犯起性子，一尥蹶子，后碲子踢在他脑袋上，他挺在床板上不动劲不睁眼，滴水不进，大夫来一号脉，说没命了，顶多三天阎王爷就把他领走；可三天后他没走，还有气，七天过后，居然睁开眼醒过来，翻身下地，走路说话吃喝拉撒一切照旧，就少一样——不会笑了；人说他的笑脸给阎王爷留下了。

这说法听起来像那么回事，对不对，没人敢去和他核对。

他刚来天津那年，几个小子不信他绝不会笑，一天摸黑，一起上去把他按在地上，一起咯吱他，想叫他笑。可怎么咯吱他也不笑，直到将他咯吱得上边流泪下边尿尿，大喊求饶，可还是不笑。这几个小子住了手，认定这家伙到死也决不会笑。

不会笑是怪人，怪人还有更怪的事，就是好听相声，怪不怪事？听相声就为了笑，他不笑听相声为了嘛？练笑吗？谁也弄不明白。

冷脸不赌不嫖不贪杯，干完活，有点清闲，就钻进说相声的园子，找个凳子一坐，听几段。园子里的人都认识他那张半死不活的冷脸，这张脸好像专和说相声的找别扭，说相声就怕人不乐，你不乐等于人家的包袱不哏，活儿使得不绝，栽人家面子。在天津卫，谁要和说相声的作了对，就找几个人坐在园子里死活不乐，成心呛火。这一来，冷脸可就跟说相声的较上劲了。天津说相声的高手如林。开头，一个个跑到南门外来，看谁能把冷脸逗乐了，结果个个丢盔卸甲，掉头回去。于是南门外有句歇后语：

说相声逗冷脸——自找别扭。

可只有冷脸自己不知道这句话。

北京挨着天津，这怪人怪事传到北京的相声圈子。北京有不少高手，不信世上还有一个逗不乐的人，就来了一逗哏一捧哏的两位。这两位早先在厂甸、天桥一带扬名立万。先甭说“说学逗唱”的功夫都是超一流，单凭长相就不一般。逗哏的又高又瘦，像个瘦猴，人偏姓侯；捧哏的又矮又肥，像个胖猫，人偏姓毛，江湖给他俩一个绰号叫“毛猴”。北京不是还有种拿蝉蜕做的那种人见人爱的小玩意儿“毛猴”吗？这外号就在北京叫得山响。

毛猴来到天津，在南门外的喜福来开说。头一天，台下就坐满了人。冷脸听到信儿也来了。不少人都知道毛猴是冲冷脸来的，只有冷脸自己完全不知道。可他在台下一坐，阵势就摆开了。

毛猴上来，在台上一站，一高一矮一瘦一肥一精一傻，就惹得哄堂大笑。毛猴他俩往下一看，心里咯噔一下，满屋子七八十张热哄哄笑脸里，有张脸赛铁板，又黑又硬又阴冷，甭打听，这就是那个冷脸。他俩想：今儿是不是真遇到克星了？可是毛猴是二十年老江湖，嘛都见过，先不管这脸，轻轻快快有说有笑之间，啪地甩一个包袱，甩得意外、漂亮、逗哏，人全笑了，唯独冷脸不笑。毛猴目光都扫见了，相互递个眼神，表面不当事，接着说笑，不经意中又使一个包袱，这包袱使得又巧又妙又绝，看出了老到，引得大家大笑，可冷脸还是没笑。毛猴见了，还不当事，接着再来；下边的包袱是毛猴拿手的——听一百次得笑一百次。毛猴一使，全场爆笑，笑声要掀去屋顶，毛猴再看，冷脸居然赛个睁着眼的死人。

毛猴觉得不好，知道今儿弄不好要栽在天津卫了。心里没根，接下去就有什么算什么了。老段子、新段子、文段子、荤段子，加上不停地现挂，直说得脑门流汗，嗓子冒烟，冷脸还是那张冷脸。最后，那个逗哏的瘦猴索性对着冷脸抖一个砸锅卖铁似的包袱，说：

“这位爷，您要是再不笑，我俩可真要脱裤子了。”

全场又一阵大笑。冷脸忽然站起身，板着面孔拱拱拳说：“您二位说的真棒，谢您们了。我退了。”话说完，起身离座走了。到了也没露出个笑脸。

毛猴两个站在那儿下不了台，这算栽到家，只好耷拉脑袋回北京。

自打毛猴走后，没人再敢往南门外说相声。人们把冷脸愈说愈神，好像冷脸是天生的相声杀手。可奇怪的是打那天起，不单南门外的相声园子，全天津的相声园子里，没人再见过冷脸。有人说他远走高飞了，可有人说他哪也没去，还在南门外打铁，只是决不再听相声了。

这事就费琢磨了。那天他要是真夸毛猴的相声棒，干吗不笑？他要是真的不会笑，干吗非来听相声？他要真的爱听相声，干吗从那天起与相声一刀两断了？

这几句问话没人答得上来。当时答不上来，今天更是答不上来。

2015年5月

守　岁

一种昔时的年俗正在渐渐离开我们，就是守岁。

守岁是老一代人记忆最深刻的年俗之一，如今发生了变化——特别是城市人，最多是等到子午交时之际给亲朋好友打个电话发个短信拜个年，然后上床入睡，完全没有守岁那种意愿、那种情怀、那种执着。

我已不记得自己哪年开始不再守岁了，却深刻记得守岁那时独有的感觉。每到腊月底就兴奋地叫着今年非要熬个通宵，一夜不睡。好像要做一件什么大事。父母笑呵呵说好呵，只要你自己不睡着就行，决没人强叫你睡。

记得守岁的前半夜我总是斗志昂扬，充满信心。一是大脑亢奋，一是除夕的节目多；又要祭祖拜天地，又要全家吃长长的年夜饭，最关键的还是午夜时那一场有如万炮轰天的普天同庆的烟花爆竹。尽管二踢脚、雷子鞭、盒子炮大人们是决不叫我放的，但最后一个烟花——金寿星顶上的药捻儿，却一定由我勇敢地上去点燃。火光闪烁中父母年轻的笑脸现在还清晰记得。

待到燃放鞭炮的高潮过后，才算真正进入了守岁的攻坚阶段。大人们通常是聊天、打牌、吃零食，过一阵子给供桌换一束香。这时时间就像牛皮筋一样拉得愈来愈长了；瞌睡虫开始在脑袋喷撒烟雾。

无事可做加重了困倦感，大人们便对我说笑道：可千万不能睡呀。

我一边嘴硬，一边悄悄跑到卫生间用凉水洗脸，甚至独出心裁地把肥皂水弄到眼睛里去。大人们说，用火柴棍儿把眼皮支起来吧。

年年的守岁我都不知道怎么结束的。但睁眼醒来一定是在床上，睡在暖暖的被窝里。枕边放着一个小小的装着压岁钱的红纸包，还有一个通红、锃亮、香喷喷的大苹果。这寓示平安的红苹果是大人年年夜里一准要摆在我枕边上的。一睁眼就看到平安。

我承认，在我的童年里，年年都是守岁的失败者，从来没有一次从长夜守到天明。

故而初一见到大人时，总不免有些尴尬，尤其是想到头一天信誓旦旦要“今夜决不睡”之类的话。当然，我也会留意大人们的样子，令我惊奇的是：他们怎么就能熬过那漫长一夜？

其实很简单，因为他们知道为什么守夜。可是守夜的道理并不简单。

后来我对守岁的理解，源自一个词是“辞旧迎新”。而首先是“辞”字。

辞，是分手时打声招呼。

和谁打招呼，难道是对即将离去的一年吗？

古人对这一年缘何像对待一位友人？

这一年仅仅是一段不再有用的时间吗？那么新的一年大把大把可供使用的时间呢？又是谁赐予我们的？是天地，是命运，还是生命本身？任何有生命的事物不都是它首先拥有时间吗？

可是，时间是种奇妙的东西。你什么也不做，它也在走；而且它过往不复，无法停住，所以古人说“黄金易得，韶光难留”。也许我们平时不曾感受时间的意义。但在这旧的一年将尽的、愈来愈少的时间里——也就是坐在这儿守岁的时刻里，却十分具体又真切地感受到时光的有限与匆匆？它在一寸一寸地减少。在过去一岁中，不管幸运与不幸，不管“喜从天降”还是留下无奈、委屈与错失——它们都已成为我们生命的一部分。在它即将离我们而去时，我们便有些依依不舍。所以古人要“守”着它。

守岁其实是看守住属于自己的时间与生命，表达着我们的生命情感。

然而，守岁这一夜非比寻常。它是“一夜连两岁，五更分二年”。因而，我们的古人便是一边辞旧，一边迎新。以

"辞"告别旧岁，以"迎"笑容满面迎接生命新的一段时光的到来。新的一年是未知的，不免小心翼翼。古人过年要通宵点灯，为了不叫邪气暗中袭入；还在年画上所有形象都画上笑眼笑口，以寓吉祥。由于对未来的这种盛情，所以正月初一破晓"迎财神"的鞭炮更加欢腾。

于是，我们的年俗就这样完成岁月的转换，以"辞"和"迎"表达对生命的敬畏，以长长的守夜与天地一年一度的"天人合一"。

我们和洋人的文化真有些不同。洋人对新年只有狂欢，我们的心理似乎复杂得多，其情其意也深切得多。可是我们正在一点点离开这些。

这到底是因为农耕文明离我们愈来愈远，还是人类愈来愈强势无须在乎大自然了？

守岁渐行渐远。当然，我们不必为守岁而勉强守岁。民俗是一种集体的心愿，没有强迫。只盼我们守着这点对大自然和生命的敬畏吧。

2013年1月30日

低　调

在媒体和网络的时代，一个人只有高调才会叫人看见、叫人知道、叫人关注。高调必须强势，不怕攻击，反过来愈被攻击愈受关注，愈成为一时舆论的主角，干出点什么都会热销；高调不仅风光，还带来名利双赢，所以有人选择高调。

但高调也会使人上瘾，高调的人往往离不开高调，像吸烟饮酒愈好愈降不下来，降下来就难受。可是媒体和网络都是一次性的，滚动式的，喜新厌旧的。任何人都很难总站在高音区里边，所以必须不断折腾、炒作、造势、生事，才能持续高调。

有人以为高调是一种成功，其实不然。高调只是这个时代的一种活法。当然，每个人都有权选择自己的活法，选择什么都无可厚非。

于是，另一些人就去选择另一种活法——低调。

这种人不喜欢一举一动都被人关注，一言一语也被人议论，不喜欢人前显贵，更不喜欢被“狗仔队”追逐，被粉丝死死纠缠与围困，被曝光曝得一丝不挂；他们明白在商品和消费的社会里，高调存在的代价是被商品化和被消费。这样，心甘情愿低调的人就没人认识，不为人所知，但他们反而能踏踏实实做自己喜欢的事，充分地享受和咀嚼日子，活得平心静气，安稳又踏实。你问他怎么这么低调，他会一笑而已；就像自己爱一个人，需要对别人说明吗？所以说：

低调为了生活在自己的世界里，高调为了生活在别人的世界里。

文化也是一样。也有高调的文化和低调的文化。

首先，商业文化就必须是高调的，只有高调才会热卖热销，低调谁知道谁去买？然而热销的东西不可能总热销，它迟早会被更新鲜更时髦的东西取代。所以说，时尚是商业文化的宠儿。在市场上最成功的是时尚商品。人说时尚是造势造出来的，里边大量五光十色的泡沫，但商品文化不怕泡沫，因为它只求当时的商业效应，一时的震撼与强势，不求持久的魅力。

故而，另一种追求持久生命魅力的纯文化很难在当今时代大红大紫，可是它也不会为大红大紫而放弃一己的追求。它甘于寂寞，因为它确信这种文化的价值与意义。

我很尊敬我的一些同行的作家。在市场称霸的社会中，恐怕作家是最沉得住气的一群人。他们平日不知躲在什么地方，很少伸头探脑，有时一两年不见，看似在人间蒸发了，却忽然把一本十几万或几十万字厚重的书拿了出来；他们笔尖触动的生活与人性之深，文字创造力之强，令人吃惊。待到人们去品读去议论，他们又不声不响扎到什么地方去了。唯其这样才能写出真正洞悉社会人生的作品来。

作家天生是低调的。他们生活在社会深深的皱折里，也生活在自己的心灵与性情里，所以看得见黑暗中的光线和阳光中的阴影，以及大地深处的疼点。他们天生不是做明星的材料，不会经营自己，只会营造笔下的人物；任何思想者都是这样：把自己放在低调里，是为了让思想真正成为一种时代的高调。

享受一下低调吧——低调的宁静、踏实、深邃与隽永。低调不是被边缘被遗忘，更不是无能。相反只有自信才能做到低调和安于低调。

2013 年 6 月 2 日

献你一束花

鲜花，理应呈送给凯旋的英雄。难道献给这暗淡无光的失败者？

她一直垂着头。前四天，她从平衡木上打着旋儿跌在垫子上时，就把这美丽而神气的头垂下来。现在她回国了，走入首都机场的大厅，简直要把脑袋藏进领口里去。她怕见前来欢迎的人们，怕记者问什么，怕姐姐和姐夫来迎接她，甚至怕见到机场那个热情的女服务员——她的崇拜者，每次出国经过这里时，都跑来帮着她提包儿……有什么脸见人，大败而归！

这次世界性比赛，她完全有把握登上平衡木和高低杠“女王”的宝座，国内外的行家都这么估计，但她的表演把这些希望的灯全都关上了。

两年前，她第一次出国参加比赛，夹在许多名扬海外的姑娘们中间，不受人注意，心里反而没负担，出人意料拿了两项冠军。回国时，就在这机场大厅里，她受到空前热烈的迎接。许多只手朝她伸来，许多摄影机镜头对准她。一个戴眼镜的记者死死纠缠着问："你最喜欢什么？"她不知如何作答，抬眼看见一束花，便说："花！"于是就有几十束花朝她塞来，多得抱不住。两年来多次出国比赛，她胸前挂着一个又一个亮晃晃的奖牌回来，迎接她的是笑脸、花和摄影机雪亮的闪光。是不是这就加重了她的思想负担？愈赢愈怕赢，成绩的包袱比失败的包袱更重。精神可以克服肉体的痛苦，肉体却无法摆脱开精神的压力。这次她在平衡木上稍稍感觉自己有些不稳，内心立刻变得慌乱而不能自制。她失败了，并且跟着在下面其他项目的比赛中一塌糊涂地垮下来……

本来她怕见人，走在队伍最后，可是当她发现很少有人招呼她，摄影记者也好像有意避开她时，她感到冷落，加重了心中的沮丧和愧疚，纵使她有回天之力，一时也难补偿，她茫然了。是啊，谁愿意与失败者站在一起。

忽然她发现一双脚停在她眼前。谁？她一点点向上看：深蓝色的服装，长长的腿，铜衣扣，无檐帽下一张洁白娴静的脸儿。原来是机场那女服务员。正背着双手，含笑对她说："我在电视里看见了你们比赛，知道你今天回来，特意来迎接你。"

"我真糟！"她赶紧垂下头。

"不，你同样用尽汗水和力量。"

"我是失败者。"

"谁都不能避免失败。我相信，失败和胜利对于你同样重要。让失败属于过去，胜利才属于未来。”女服务员的声音柔和又肯定。

她听了这话，重新抬起头来。只见女服务员把背在身后的手向前一伸，一大束五彩缤纷的花捧到她的面前。浓郁的香气竟化作一股奇异的力量注入她的身体。她顿时热泪满面。

怎么？花，理应呈送给凯旋的英雄，难道也要献给这暗淡无光的失败者？

1983年

无书的日子

你出外旅行，在某个僻远的小镇住进一家小店，赶上天阴落雨，这该死的连绵的雨把你闷在屋里。你拉开提包锁链，呀，糟糕至极！竟然把该带在身边的一本书忘在家中——这是每一个出外的人经常会碰到的遗憾。你怎么办？身在他乡，陌生无友，手中无书，面对雨窗孤坐，那是何等滋味？我嘛，嘿，我自有我的办法！

道出这办法之前，先要说这办法的由来。

我家在“文化大革命”初被洗劫一空。藏书千余，听凭革命造反派们撕之毁之，付之一炬。抄家过后，收拾破破烂烂的家具杂物时，把残书和哪怕是零零散散的书页都万分珍惜地敛起来，整理、缝钉，破口处全用玻璃纸粘好；完整者寥寥，残篇散页却有一大包袱。逢到苦闷寂寞之时，便拿出来读。读书如听音乐，一进入即换一番天地。时入蛮荒远古，时入异国异俗，时入霞光夕照，时入人间百味。一时间，自身的烦扰困顿乃至四周的破门败墙全都化为乌有，书中世界与心中世界融为一体——人物的苦恼赶走自己的苦恼，故事的紧张替代现实的紧张，即便忧伤郁悒之情也换了一种。艺术把一切都审美化，丑也是一种美，在艺术中审丑也是审美，也是享受。

但是，我从未把书当作伴我消度时光的闲友，而把它们认定是充实和加深我的真正伙伴。你读书，尤其是那些名著，就是和人类历史上最杰出的先贤智者相交！这些先贤智者著书或是为了寻求别人理解，或是为了探求人生的途径与处世的真理。不论他们的箴言沟通你的人生经验，他们聪慧的感受触发你的悟性，还是他们天才的思想顿时把你蒙昧混沌的头颅透彻照亮——你的脑袋仿佛忽然变成一只通电发亮的灯——他们不是你最宝贵的精神朋友吗？

半本《约翰·克利斯朵夫》几乎叫我看烂，散页的中外诗词全都烂熟于我心中。然而，读这些无头无尾的残书倒别有一种体味，就像面对残断胳膊的维纳斯时，你不知不觉会用你自己最美的想象去安装它。书中某一个人物的命运由于缺篇少章不知后果，我并不觉得别扭，反而用自己的想象去发展它，完成它。我按照自己的意志为它们设想出必然的命运变化和结局。我感到自己就像命运之神那样安排着一个个生命有意味的命运历程。当时，我的命运被别人掌握，我却掌握着另一些“人物”的命运；前者痛苦，后者幸福。

往往我给一个人物设计出几种结局。小说中人物的结局才是人物的完成。当然我不知道这些人物在原书中的结局是什么，我就把自己这些续篇分别讲给不同朋友听。凡是某一种结局感动了朋友，我就认定原作一定是这样，好像我这才是真本，听故事的朋友们自然也就深信不疑。

“文化大革命”后，书都重新出版了。常有朋友对我说：“你讲的那本书最近我读了，那人物根本没死，结尾也不是你讲的那样……”他们来找我算账；不过也有的朋友望着我笑而不答的脸说：“不过，你那样结束也不错……”

当初，续编这些残书未了的故事，我干得挺来劲儿，因为在续编中，我不知不觉使用了自己的人生经验，调动出我生活中最生动、独特和珍贵的细节，发挥了我的艺术想象。而享受自己的想象才是最醉心的，这是艺术创造者们所独有的一种感受。后来，又是不知不觉，我脱开别人的故事轨道，自己奔跑起来。世界上最可爱的是纸，偏偏纸多得无穷无尽，它们是文学挥洒的无边无际的天地。我开始把一张张洁白无瑕的纸铺在桌上，写下心中藏不住的、唯我独有的故事。

写书比读书幸福得多了。

读书是欣赏别人，写书是挖掘自己；读书是接受别人的沐浴，写作是一种自我净化。一个人的两只眼用来看别人，但还需要一只眼对向自己，时常审视深藏自身中的灵魂，在你挑剔世界的同时还要同样地挑剔自己。写作能使你愈来愈公正、愈严格、愈开阔、愈善良。你受益于文学首先是这样的自我更新和灵魂再造，否则你从哪里获得文学所必需的真诚?

读书是享用别人的创造成果，写书是自己创造出来供给他人享用。文学的本质是从无到有；文学毫不宽容地排斥仿造，人物、题材、形式、方法，哪怕别人甚至自己使用过的一个巧妙的比喻也不容在你笔下再次出现。当他所有的细胞都是新生的，才能说你创造了一个新生命。于是你为这世界提供一个有认识价值并充满魅力的新人物，他不曾在人间真正活过一天，却有名有姓有血有肉，并在许许多多读者心底深刻并形象地存在着；一些人从他身上发现身边的人，一些人从他个性中发现自己；人们从中印证自己，反省过失，寻求教训，发现生存价值和生活真谛……还有，世界上一切事物在你的创作中，都带着光泽、带着声音、带着生命的气息和你的情感而再现，而这所有一切又都是在你两三尺小小书桌上诞生的，写书是多么令人迷醉的事情啊!

在那无书的日子里，我是被迫却又心甘情愿地走到这条道路上去的，这便是写书。

无书而写书。失而复得，生活总是叫你失掉的少，获得的多。

嘿嘿，这就是我要说的了——

每当旅行在外，手边无书，我就找几块纸铺展在桌。哪怕一连下上它半个月的雨，我照旧充满活力、眼光发亮、有声有色地待在屋中。我可不是拿写书当作一种消遣。我在做上帝做过的事：创造生命。

1989年12月

人物

花　巷

头一次来到杭州市的我，只认得她。

还有，诗里书里照片里常见的那湿蒙蒙的风景。

以前，一想到她——她的形影总是混在这片朦胧又柔和的风景里。

这是一种想象。想象总比现实美，会不会有比想象更美的现实？

女人最善于用想象创造现实。因此她第一次伴我游览西湖，选择晚间到苏堤上漫步。她的轮廓常常恍恍惚惚地消融在黑黑的夜色里，又一下子给月光照亮的湖水清晰地映衬出来。她的脸模糊得像一团雾，目光却像远处的灯光那样忽然灿然一闪……一直走到堤上无人，月在中天。她约我明天傍晚去她家，然后告诉我一条街道的名字。我问她门牌号数，她说在一条巷子里。我又问这巷子的名称。

她神秘地说，你闻到空气里有什么气味吗？

我吸一吸鼻子说，闻到了，是一种花香，挺特别，很清淡，不过又很浓厚……

她绽开笑容说，好了，只要你在那条街上闻到这种花味，就是我的巷子。巷子尽头的一个小门，就是我的家。

第二天傍晚，我找到那条街，便开始寻昨夜那香味。我忽然有点紧张，好像把那香味忘了。我向一群孩子打听，孩子们都笑了。他们说这街上有好多巷子，每条巷子都开满花，都香，你说的是哪种花？什么味儿？

我更茫然。似乎把那花连同她一起丢掉了。原来用鼻子记事这么不可靠。

我从街这端一直走到那端，来回两遍。街上竟有这么多巷子，每条巷子都像花的甬道。一条红、一条黄、一条紫或一条雪白。我在每条巷口都吸一吸鼻子。花的种类不一样，不同的花喷溢出不同的香味，把我的嗅觉完全搞乱了。

直到天暗下来，万物消形，没了色彩。我疲惫不堪地坐在路边道沿上，失去信心，只是还不甘心返回旅店。忽然……一种淡淡的熟悉的香味，从背后飘来，好似蹑手蹑脚到我身后，轻轻将我拢住。我一回头，一阵浓浓的芬芳扑在我脸上。这就是属于我的那花香呀。我眼前渐渐出现一条幽蓝幽蓝深长的巷子，巷子两边，白晃晃，满是花，正是她的巷子！

奇怪，为什么刚刚来回几次都没闻到这花香？难道它像夜来香那样，入夜才散放芳香？难道它只有等着你苦苦寻求时，才悄悄出现？

我走进巷子，蓝色的夜凉如同水一般，从我面颊和臂膀旁滑溜溜地流过。我整个身子融入这深巷，也就融入这浓得化不开的芬芳里。我记得她的话——巷子尽头是她家。我一直往里走，感觉自己像一只蜜蜂，钻进一个巨大、柔美、香喷喷的花蕊里……渐渐地，我一点点看见，巷子尽头站着一个人，浅浅一条长裙。她大概在这里默立许久，却相信我一定会来。

这是太久太久的事了。对于这条花巷以及那特有的香味，偶尔还会动心地想起。但我不会再来，因为世上不会再有那样的女孩了。

1994年8月23日

猫　婆

我那小阁楼的后墙外，居高临下是一条又长又深的胡同，我称它为猫胡同。每日夜半，这里是猫儿们无法无天的世界。它们戏耍、求偶、追逐、打架，叫得厉害时有如小孩扯着嗓子号哭。吵得人无法入睡时，便常有人推开窗大吼一声“去——”，或者扔块石头瓦片轰赶它们。我在忍无可忍时也这样怒气冲冲干过不少次。每每把它们赶跑，静不多时，它们又换个什么地方接着闹，通宵不绝。为了逃避这群讨厌的家伙，我真想换房子搬家。奇怪，哪来这么多猫，为什么偏偏都跑到这胡同里来聚会闹事？

一天，我到一位朋友家去串门，聊天，他养猫，而且视猫如命。

我说：“我挺讨厌猫的。”

他一怔，扭身从墙角纸箱里掏出个白色的东西放在我手上。呀，一只毛线球大小雪白的小猫！大概它有点怕，缩成个团儿，小耳朵紧紧贴在脑袋上，一双纯蓝色亮亮的圆眼睛柔和又胆怯地望着我。我情不自禁赶快把它捧在怀里，拿下巴爱抚地蹭它毛茸茸的小脸，竟然对这朋友说：“太可爱了，把它送给我吧！”

我这朋友笑了，笑得挺得意，仿佛他用一种爱战胜了我不该有的一种怨恨。他家大猫这次一窝生了一对小猫——一只一双金黄眼儿，一只一双天蓝色眼儿。尽管他不舍得送人，对我却例外地割爱了。似乎为了要在我身上培养出一种与他同样的爱心来；真正的爱总希望大家共享，尤其对我这个厌猫者。

小猫一入我家，便成了我全家人的情感中心。起初它小，趴在我手掌上打盹睡觉，我儿子拿手绢当被子盖在它身上，我妻子拿眼药瓶吸牛奶喂它。它呢，喜欢像婴儿那样仰面躺着吃奶，吃得高兴时便用四只小毛腿抱着你的手，伸出柔软的、细砂纸似的小红舌头亲昵地舔你的手指尖……这样，它长大了，成为我家中的一员，并有着为所欲为的权利——睡觉可以钻进任何人的被窝儿，吃饭可以跳到桌上，蹲在桌角，想吃什么就朝什么叫，哪怕最美味的一块鱼肚或鹅肝，我们都会毫不犹豫地让给它。嘿，它夺去我儿子受宠的位置，我儿子却毫不妒忌它，反给它起了顶漂亮、顶漂亮的名字，叫蓝眼睛。这名字起得真好！每当蓝眼睛闯祸——砸了杯子或摔了花瓶，我发火了，要打它，但只要一瞅它那纯净光澈、惊慌失措的蓝眼睛，心中的火气顿时全消，反而会把它拥在怀里，用手捂着它那双因惊恐瞪大的蓝眼睛，不叫它看，怕它被自己的冒失吓着……

我也是视猫如命了。

入秋，天一黑，不断有些大野猫出现在我家的房顶上，大概都是从后面猫胡同爬上来的吧。它们个个很丑，神头鬼脸向屋里张望。它们一来，蓝眼睛立即冲出去，从晾台蹿上屋顶，和它们对吼、厮打，互相穷追不舍。我担心蓝眼睛被这些大野猫咬死，关紧通向晾台的门，蓝眼睛便发疯似的抓门，还哀哀地向我乞求。后来我知道蓝眼睛是小母猫，它在发狂地爱，我便打开门不再阻拦。它天天夜出晨归，归来时，浑身滚满尘土，两眼却分外兴奋明亮，像蓝宝石。就这样，在很冷的一天夜里出去了，没再回来，我妻子站在晾台上拿根竹筷子“当当”敲着它的小饭盆，叫它，一连三天，期待落空。意想不到的灾难降临——蓝眼睛丢了！

情感的中心突然失去，家中每个人全空了。

我不忍看妻子和儿子噙泪的红眼圈，便房前房后去找。黑猫、白猫、黄猫、花猫、大猫、小猫，各种模样的猫从我眼前跑过，唯独没有蓝眼睛……懊丧中，一个孩子告诉我，猫胡同顶里边一座楼的后门里，住着一个老婆子，养了一二十只猫，人称猫婆，蓝眼睛多半是叫她的猫勾去的。这话点亮了我的希望。

当夜，我钻进猫胡同，在没有灯光的黑暗里寻到猫婆家的门，正想察看情形，忽听墙头有动静，抬头吓一跳，几只硕大的猫影黑黑地蹲在墙上。我轻声一唤“蓝眼睛”，猫影全都微动，眼睛像灯光似的一闪一闪，并不怕人。我细看，没有蓝眼睛，就守在墙根下等候。不时一只走开，跳进院里；不时又从院里爬上一只来，一直没等到蓝眼睛。但这院里似乎是个大猫洞，我那可怜的宝贝多半就在里边猫婆的魔掌之中了。我冒冒失失地拍门，非要进去看个究竟不可。

门打开，一个高高的老婆子出现——这就是猫婆了。里边亮灯，她背光，看不清面孔，只是一条墨黑墨黑神秘的身影。

我说我找猫，她非但没拦我，反倒立刻请我进屋去。我随她穿过小院，又低头穿过一道小门，是间阴冷的地下室。一股浓重噎人的猫味马上扑鼻而来。屋顶很低，正中吊下一个很脏的小灯泡，把屋内照得昏黄。一个柜子，一座生铁炉子，一张大床，地上几只放猫食的破瓷碗，再没别的，连一把椅子也没有。

猫婆上床盘腿而坐，她叫我也坐在床上。我忽见一团灰涂涂的棉被上，东一只西一只横躺竖卧着几只猫。我扫一眼这些猫，还是没有蓝眼睛。猫婆问我：“你丢那猫什么样儿？”我描述一遍，她立即叫道：“那大白波斯猫吧？长毛？大尾巴？

蓝眼睛？见过见过，常从房上下来找我们玩儿，还在我们这儿吃过东西呢，多疼人的宝贝！丢几天了？”我盯住她那略显浮肿、苍白无光的老脸看，只有焦急，却无半点装假的神气。我说：“五六天了。”她的脸顿时阴沉下来，停了片刻才说：“您甭找了，回不来了！”我很疑心这话为了骗我，目光搜寻可能藏匿蓝眼睛的地方。这时，猫婆的手忽向上一指，呀，迎面横着的铁烟囱上，竟然还趴着好一大长排各种各样的猫！有的眼睛看我，有的闭眼睡觉，它们是在借着烟囱的热气取暖。

猫婆说：“您瞧瞧吧，这都是叫人打残的猫！从高楼上摔坏的猫！我把它们拾回来养活的。您瞧那只小黄猫，那天在胡同口叫孩子们按着批斗，还要烧死它，我急了，一把从孩子们手里抢出来的！您想想，您那宝贝丢了这么多天，哪还有好？现在乡下常来一伙人，下笼子逮猫吃，造孽呀！他们在笼里放了鸟儿，把猫引进去，笼门就关上……前几天我的一只三花猫就没了。我的猫个个喂得饱饱的，不用鸟儿绝对引不走，那些狼心狗肺的家伙，吃猫肉，叫他们吃！吃得烂嘴、烂舌头、浑身烂、长疮、烂死！”

她说得脸抖，手也抖，点烟时，烟卷抖落在地。烟囱上那小黄猫，瘦瘦的，尖脸，很灵，立刻跳下来，叼起烟，仰起嘴，递给她。猫婆笑脸开花，咧着嘴不住地说：“瞧，您瞧，这小东西多懂事！”像在夸赞她的一个小孙子。

我还有什么理由疑惑她？面对这天下受难猫儿们的救护

神，告别出来时，不觉带着一点惭愧和狼狈的感觉。

蓝眼睛的丢失虽使我伤心很久，但从此不知不觉我竟开始关切所有猫儿的命运。猫胡同再吵再闹也不再打扰我的睡眠，似乎有一只猫叫，就说明有一只猫活着，反而令我心安。猫叫成了我的安眠曲……

转过一年，到了猫儿们求偶时节，猫胡同却忽然安静下来。

我妻子无意间从邻居那里听到一个不幸的消息：猫婆死了。同时——在她死后——才知道关于她在世时的一点点经历。

据说，猫婆本是先前一个开米铺老板的小婆，被老板的大婆赶出家门，住在猫胡同那座楼第一层的两间房子里。后又被当作资本家老婆，轰到地下室。她无亲无故，孑然一身，拾纸为生，以猫为伴，但她所养的猫没有一个良种好猫，都是拾来的弃猫、病猫和残猫。她天天从水产店捡些臭鱼烂虾煮了，放在院里喂猫，也就招引一些无家可归的野猫来填肚充饥，有的干脆在她家落脚。她有猫必留，谁也不知道她家到底有多少只猫。

“文化大革命”前，曾有人为她找个伴儿，是个卖肉的老汉。结婚不过两个月，老汉忍受不了这些猫闹、猫叫、猫味儿，就搬出去住了。人们劝她扔掉这些猫，接回老汉，她执意不肯，坚持与这些猫共享着无人能解的快乐。

前两个月，猫婆急病猝死，老汉搬回来，第一件事便是把这些猫统统轰走。被赶跑的猫儿依恋故人故土，每每回来，必遭老汉一顿死打，这就是猫胡同忽然不明不白静下来的根由了。

这消息使我的心一揪。那些猫，那些在猫婆床上、被上、烟囱上的猫，那些残的、病的、瞎的猫儿们呢？那只尖脸的、瘦瘦的、为猫婆叼烟卷的小黄猫呢？如今漂泊街头、饿死他乡，被孩子弄死，还是叫人用笼子捉去吃掉了？一种伤感与担虑从我心里漫无边际地散开，散出去，随后留下的是一片沉重的空茫。这夜，我推开后窗向猫胡同望下去，只见月光下，猫婆家四周的房顶墙头趴着一只只猫影，有七八只，黑黑的，全都默不作声。这都是猫婆那些生死相依的伙伴，它们等待着什么呀？

从这天起，我常常把吃剩下的一些东西，一块馒头、一个鱼头或一片饼扔进猫胡同里去，这是我仅能做到的了。但这年里，我也不断听到一些猫这样或那样死去的消息，即使街上一只猫被轧死，我都认定必是那些从猫婆家里被驱赶出来的流浪儿。入冬后，我听到一个令人战栗的故事——

我家对面一座破楼修理瓦顶。白天里瓦工们换瓦时活没干完，留下个洞，一只猫为了御寒，钻了进去；第二天瓦工们盖上瓦走了，这只猫无法出来，急得在里边叫。住在这楼顶层的五六户人家都听到猫叫，还有在顶棚上跑来跑去的声音，但谁家也不肯将自家的顶棚捅坏，放它出来。这猫叫了三整天，开头声音很大，很惨，瘆人，但一天比一天声音微弱下来，直至消失！

听到这故事，我彻夜难眠。

更深夜半，天降大雪，猫胡同里一片死寂，这寂静化为一股寒气透进我的肌骨。忽然，后墙下传来一声猫叫，在大雪涂白了的胡同深处，猫婆故居那墙头上，孤零零趴着一只猫影，在凛冽中蜷缩一团，时不时哀叫一声，甚是凄婉。我心一动，是那尖脸小黄猫吗？忙叫声："咪咪！"想下楼去把它抱上来，谁知一声唤，将它惊动，起身慌张跑掉。

猫胡同里便空无一物。只剩下一片夜的漆黑和雪的惨白，还有奇冷的风在这又长又深的空间里呼啸。

1989年9月6日

挑山工

——泰山旧日见闻之二

一

你见过泰山的挑山工吗？这是种很奇特的人！

不知别处对这种运货上山的民夫怎样称呼。这儿习惯叫作挑山工。单从“挑山”二字，就可以体会出这种工作非凡的艰辛。肩挑着百十斤的重物，从山下直挑到烟云缭绕、鸟儿都难飞得上去的山顶，谁敢一试？更何况，这被誉为“五岳之首”的泰山，自有其巍巍而不可征服的威势。从山根直至极顶处，一条道儿，全是高高的石头台阶，简直就是一架直上直下的万丈天梯。在通向南天门的十八盘道上，那些游山来的健壮的男儿，也不免气喘吁吁；一般人更是精疲力竭，抓着道旁的铁栏，把身子一点点往上移。每爬上十来磴台阶，就要停下来歇一歇。只有这时，你碰到一个挑山工——他给重重的挑儿压塌了腰，汗水湿透衣衫，两条腿上的肌条筋缕都清晰地凸现在外，默不作声，一步一步，吃力又坚韧地走过你身旁，登了上去。你那才算是约略知道“挑山”二字的滋味……

挑山工，大概自古就有。山头那些千年古刹所用的一切建筑材料，都是从山下运上来的。你瞧着这些构造宏伟的古建筑上巨大的梁柱础石、沉重的铜砖铁瓦，再低头俯望一条灰白的山路，如同一根细绳，蜿蜒曲折，没入茫茫的谷底。你就会联想到，当年为了建造这些庙宇寺观，为了这壮观的美，挑山工们付出了怎样艰巨和惊人的劳动！

我少时来游泰山，山顶上还有三四十户人家，家中的男人大多是挑山工，给山上的国营招待所运送食品货物以为生计。清早，他们拿了扁担绳索，带着晨风晓露下山去，后晌随着一片暮云夕阳，把货物挑上山来。星光烁烁时，家家都开夜店，留宿在山头住一夜而打算转天早起观瞻日出的游人，收费却比国营招待所低廉。他们的屋子是石头垒的。山上风大，小屋都横竖卧在山道两旁的凹处，屋顶与道面一般平。屋里边简陋得几乎什么也没有，用来招待客人的，只有一条脏被和热开水。为了招待主顾，各家门首还挂着一个小幌牌，写着店名。有的叫“棒槌店”，就在木牌两边挂一对小木棒槌；有的叫“勺儿店”，便挂一对乌黑的小生铁勺儿；下边拴些红布穗子，随风摇摆，叮当轻响。不过，你在这店里睡不好觉。劳累了一天的挑山工和客人们睡在一张炕上。他们要整整打上一夜松涛般呼呼作响的鼾声……

在这些小石屋中间，摆着一件非常稀罕的东西。远看一人多高，颜色发黑，又圆又粗，两个人才能合抱过来。上边缀满繁密而细碎的光点，熠熠闪烁。好像一块巨型的金星石。近处一看，原来是一口特大的水缸，缸身满是裂缝，那些光点竟是数不清的联合破缝的锔子，估计总有一两千个，颇令人诧异。我问过山民，才知道，山顶没有泉眼，缺水吃，山民们用这口缸储存雨水。为什么打了这么多锔子呢？据说，三百多年前，山上住着一百多户人家。每天人们要到半山间去取水，很辛苦。一年，从这些人家中，长足了八个膀大腰圆、力气十足的小伙子。大家合计一下，在山下的泰安城里买了这口大缸。由这八个小伙子出力，整整用了七七四十九天，才把大缸抬到山顶。以后，山上人家愈来愈少，再也不能凑齐那样八个健儿，抬一口新缸来。每次缸裂了，便到山下请上来一位锔缸的工匠，锔上裂缝。天长日久，就成了这样子。

听了这故事，你就不会再抱怨山顶饭菜价钱的昂贵。山上烧饭用的煤，也是一块块挑上来的呀！

二

在泰山上，随处都可以碰到挑山工。他们肩上架一根光溜溜的扁担，两端翘起处，垂下几根绳子，拴挂着沉甸甸的物品。登山时，他们的一条胳膊搭在扁担上，另一条胳膊垂着，伴随登踏的步子有节奏地一甩一甩，以保持身体平衡。他们的路线是折尺形的——先从台阶的一端起步，斜行向上，登上七八级台阶，就到了台阶的另一端；便转过身子，反方向斜行，到一端再转回来，一曲一折向上登。每次转身，扁担都要换一次肩，这样才能使垂挂在扁担前头的东西不碰在台阶的边沿上，也为了省力。担了重物，照一般登山那样直上直下，膝头是受不住的。但路线曲折，就使路程加长。挑山工登一次山，大约多于游人们路程的一倍！

你来游山。一路上观赏着山道两旁的奇峰异石、巉岩绝壁、参天古木、飞烟流泉，心情喜悦，步子兴冲冲。可是当你走过这些肩挑重物的挑山工的身旁时，你会禁不住用一种同情的目光，注视他们一眼。你会因为自己身无负载而倍觉轻松，反过来，又为他们感到吃力和劳苦，心中生出一种负疚似的情感……而他们呢？默默地，不动声色，也不同游人搭话——除非向你问问时间。一步步慢吞吞地走自己的路。任你怎样嬉叫闹喊，也不会惊动他们。他们却总用一种缓慢又平均的速度向上登，很少停歇。脚底板在石阶上发出坚实有力的嚓嚓声。在他们走过之处，常常会留下零零落落的汗水的滴痕……

奇怪的是，挑山工的速度并不比你慢。你从他们身边轻快地超越过去，自觉把他们甩在后边很远。可是，你在什么地方饱览四外雄美的山色；或在道边诵读与抄录凿刻在石壁上的爬满青苔的古人的题句；或在喧闹的溪流前洗脸濯足，他们就会在你身旁慢吞吞、不声不响地走过去。悄悄地超过了你。等你发现他走在你的前头时，会吃一惊，茫然不解，以为他们是像仙人那样腾云驾雾赶上来的。

有一次，我同几个画友去泰山写生，就遇到过这种情况。我们在山下的斗姥宫前买登山用的青竹杖时，遇到一个挑山工。矮个子，脸儿黑生生，眉毛很浓，大约四十岁；敞开的白土布褂子中间露出鲜红的背心。他扁担一头拴着几张黄木凳子，另一头捆着五六个青皮西瓜。我们很快就越过他去。可是到了回马岭那条陡直的山道前，我们累了，舒开身子，躺在一块平平的被山风吹得干干净净的大石头上歇歇脚，这当儿，竟发现那挑山工就坐在对面的草茵上抽着烟。随后，我们差不多同时起程，很快就把他甩在身后，直到看不见。但当我爬上半山的五松亭时，却见他正在那株姿态奇特的古松下整理他的挑儿。褂子脱掉，现出黑黝黝、健美的肌肉和红背心。我颇感惊异。走过去假装问道，让支烟，跟着便没话找话，和他攀谈起来。这山民倒不拘束，挺爱说话。他告诉我，他家住在山脚下，天天挑货上山。一年四季，一天一个来回。他干了近二十年。然后他说："您看俺个子小吗？干挑山工的，长年给扁担压得长不高，都是矮粗。像您这样的高个儿干了不这种活儿。走起来，晃晃悠悠哪！"

他逗趣似的一抬浓眉，咧开嘴笑了，露出皓白的牙齿。山民们喝泉水，牙齿都很白。

这么一来，谈话更随便些，我便把心中那个不解之谜说出来：

“我看你们走得很慢，怎么反而常常跑到我们前边来了呢？你们有什么近道儿吗？”

他听了，黑生生的脸上显出一丝得意之色。他吸一口烟，吐出来，好像作了一点思考，才说：

“俺们哪里有近道，还不和你们是一条道？你们是走得快，可你们在路上东看西看，玩玩闹闹，总停下来呗！俺们跟你们不一样。不能像你们在路上那么随便，高兴怎么就怎么。一步踩不实不行，停停住住更不行。那样，两天也到不了山顶。就得一个劲儿总往前走。别看俺们慢，走长了就跑到你们前边去了。瞧，是不是这个理儿？”

我笑吟吟，心悦诚服地点着头。我感到这山民的几句话里，似乎包蕴着一种意味深长的哲理，一种切实而朴素的思想。我来不及细细嚼味，作些引申，他就担起挑儿起程了。在前边的山道上，在我流连山色之时，他还是悄悄超过了我，提前到达山顶。我在极顶的小卖部门前碰见他，他正在那里交货。我们的目光相遇时，他略表相识地点头一笑，好像对我说：

“瞧，俺可又跑到你的前头来了！”

我自泰山返回家后，就画了一幅画——在陡直而似乎没有尽头的山道上，一个穿红背心的挑山工给肩头的重物压弯了腰，却一步步、不声不响、坚韧地向上登攀。多年来，这幅画一直挂在我的书桌前，不肯换掉，因为我需要它……

1980 年 2 月

泥人张

手艺道上的人，捏泥人的“泥人张”排第一。而且，有第一，没第二，第三差着十万八千里。

泥人张大名叫张明山。咸丰年间常去的地方有两处。一是东北城角的戏院大观楼，一是北关口的饭馆天庆馆。坐在那儿，为了瞧各样的人，也为捏各样的人。去大观楼要看戏台上的各种角色，去天庆馆要看人世间的各种角色。这后一种的样儿更多。

那天下雨，他一个人坐在天庆馆里饮酒，一边留神四下里吃客们的模样。这当儿，打外边进来三个人。中间一位穿得阔绰，大脑袋，中溜个子，挺着肚子，架势挺牛，横冲直撞往里走。站在迎门桌子上的“撂高的”一瞅，赶紧吆喝着：“益照临的张五爷可是稀客，贵客，张五爷这儿总共三位——里边请！”

一听这喊话，吃饭的人都停住嘴巴，甚至放下筷子瞧瞧这位大名鼎鼎的张五爷。当下，城里城外气最冲的要算这位靠着贩盐赚下金山的张锦文。他当年由于为盛京将军海仁卖过命，被海大人收为义子，排行老五，所以又有“海张五”一称。但人家当面叫他张五爷，背后叫他海张五。天津卫是做买卖的地界儿，谁有钱谁横，官儿也憷三分。可是手艺人除外。手艺人靠手吃饭，求谁？憷谁？故此，泥人张只管饮酒，吃菜，西瞧东看，全然没把海张五当个人物。

但是不一会儿，就听海张五那边议论起他来。有个细嗓门的说：“人家台下一边看戏，一边手在袖子里捏泥人。捏完拿出来一瞧，台上的嘛样，他捏的嘛样。”跟着就是海张五的大粗嗓门说：“在哪儿捏？在袖子里捏？在裤裆里捏吧！”随后一阵笑，拿泥人张找乐子。

这些话天庆馆里的人全都听见了。人们等着瞧艺高胆大的泥人张怎么“回报”海张五。一个泥团儿砍过去？

只见人家泥人张听赛没听，左手伸到桌子下边，打鞋底下抠下一块泥巴。右手依然端杯饮酒，眼睛也只瞅着桌上的酒菜，这左手便摆弄起这团泥巴来；几个手指飞快捏弄，比变戏法的刘秃子的手还灵巧。海张五那边还在不停地找乐子，泥人张这边肯定把那些话在他手里这团泥上全找回来了。随后手一停，他把这泥团往桌上“叭”地一戳，起身去柜台结账。

吃饭的人伸脖一瞧，这泥人真捏绝了！就赛把海张五的脑袋割下来放在桌上一般。瓢似的脑袋，小鼓眼，一脸狂气，比海张五还像海张五。只是只有核桃大小。

海张五在那边，隔着两丈远就看出捏的是他。他朝着正走出门的泥人张的背影叫道：“这破手艺也想赚钱，贱卖都没人要。”

泥人张头都没回，撑开伞走了。但天津卫的事没有这样完的——

第二天，北门外估衣街的几个小杂货摊上，摆出来一排排海张五这个泥像，还加了个身子，大模大样坐在那里。而且是翻模子扣的，成批生产，足有一两百个。摊上还都贴着个白纸条，上边使墨笔写着：

贱卖海张五

估衣街上来来往往的人，谁看谁乐。乐完找熟人来看，再一块乐。

三天后，海张五派人花了大价钱，才把这些泥人全买走，据说连泥模子也买走了。泥人是没了，可“贱卖海张五”这事却传了一百多年，直到今儿个。

2000 年 1 月 30 日

刷子李

码头上的人，全是硬碰硬。手艺人靠的是手，手上就必得有绝活。有绝活的，吃荤，亮堂，站在大街中央；没能耐的，吃素，发蔫，靠边待着。这一套可不是谁家定的，它地地道道是码头上的一种活法。自来唱大戏的，都讲究闯天津码头。天津人迷戏也懂戏，眼刁耳尖，褒贬分明。戏唱得好，下边叫好捧场，像见到皇上，不少名角便打天津唱红唱紫、大红大紫；可要是稀松平常，要哪没哪，戏唱砸了，下边一准起哄喝倒彩，弄不好茶碗扔上去，茶叶沫子沾满戏袍和胡须上。天下看戏，哪儿也没天津倒好叫得厉害。您别说不好，这一来也就练出不少能人来。各行各业，全有几个本领齐天的活神仙。刻砖刘、泥人张、风筝魏、机器王、刷子李，等等。天津人好把这种人的姓，和他们拿手擅长的行当连在一起称呼。叫长了，名字反没人知道。只有这一个绰号，在码头上响当当和当当响。

刷子李是河北大街一家营造厂的师傅。专干粉刷一行，别的不干。他要是给您刷好一间屋子，屋里任嘛甭放，单坐着，就赛升天一般美。最让人叫绝的是，他刷浆时必穿一身黑，干完活，身上绝没有一个白点。别不信！他还给自己立下一个规矩，只要身上有白点，白刷不要钱。倘若没这本事，他不早饿成干儿了？

但这是传说，人信也不会全信。行外的没见过的不信，行内的生气愣说不信。

一年的一天，刷子李收个徒弟叫曹小三。当徒弟的开头都是端茶、点烟，跟在屁股后边提东西。曹小三当然早就听说过师傅那手绝活，一直半信半疑，这回非要亲眼瞧瞧。

那天，头一次跟师傅出去干活，到英租界镇南道给李善人新造的洋房刷浆。到了那儿，刷子李跟管事的人一谈，才知道师傅派头十足。照他的规矩一天只刷一间屋子。这洋楼大小九间屋，得刷九天。干活前，他把随身带的一个四四方方的小包袱打开，果然一身黑衣黑裤，一双黑布鞋。穿上这身黑，就赛跟地上一桶白浆较上了劲。

一间屋子，一个屋顶四面墙，先刷屋顶后刷墙。顶子尤其难刷，蘸了稀溜溜粉浆的板刷往上一举，谁能一滴不掉？一掉准掉在身上。可刷子李一举刷子，就赛没有蘸浆。但刷子划过屋顶，立时匀匀实实一道白，白得透亮，白得清爽。有人说这蘸浆的手法有高招，有人说这调浆的配料有秘方。曹小三哪里看得出来？只见师傅的手臂悠然摆来，悠然摆去，好赛伴着鼓点，和着琴音，每一摆刷，那长长的带浆的毛刷便在墙面

“啪”的清脆一响，极是好听。啪啪声里，一道道浆，衔接得天衣无缝，刷过去的墙面，真好比平平整整打开一面雪白的屏障。可是曹小三最关心的还是刷子李身上到底有没有白点？

刷子李干活还有个规矩。每刷完一面墙，必得在凳子上坐一大会儿，抽一袋烟，喝一碗茶，再刷下一面墙。此刻，曹小三借着给师傅倒水点烟的机会，拿目光仔细搜索刷子李的全身。每一面墙刷完，他搜索一遍。居然连一个芝麻大小的粉点也没发现。他真觉得这身黑色的衣服有种神圣不可侵犯的威严。

可是，当刷子李刷完最后一面墙，坐下来，曹小三给他点烟时，竟然瞧见刷子李裤子上出现一个白点，黄豆大小。黑中白，比白中黑更乍眼。完了！师傅露馅了，他不是神仙，往日传说中那如山般的形象轰然倒去。但他怕师父难堪，不敢说，也不敢看，可忍不住还要扫一眼。

这时候，刷子李忽然朝他说话：

“小三，你瞧见我裤子上的白点了吧。你以为师傅的能耐有假，名气有诈，是吧。傻小子，你再细瞧瞧吧——”

说着，刷子李手指捏着裤子轻轻往上一提，那白点即刻没了，再一松手，白点又出现，奇了！他凑上脸用神再瞧，那白点原是一个小洞！刚才抽烟时不小心烧的。里边的白衬裤打小洞透出来，看上去就跟粉浆落上去的白点一模一样！

刷子李看着曹小三发怔发傻的模样，笑道：

“你以为人家的名气全是虚的？那你是在骗自己。好好学本事吧！”

曹小三学徒头一天，见到听到学到的，恐怕别人一辈子也未准明白呢！

1999年12月

快手刘

人人在童年，都是时间的富翁，胡乱挥霍也使不尽。有时待在家里闷得慌，或者父亲嫌我太闹，打发我出去玩玩儿，我就不免要到离家很近的那个街口，去看快手刘变戏法。

快手刘是个撂地摆摊卖糖的胖大汉子。他有个随身背着的漆成绿色的小木箱，在哪儿摆摊就把木箱放在哪儿。箱上架一条满是洞眼的横木板，洞眼插着一排排廉价而赤黄的棒糖。他变戏法是为吸引孩子们来买糖。戏法十分简单，俗称“小碗扣球”。一块绢子似的黄布铺在地上，两个白瓷小茶碗，四个滴溜溜的大红玻璃球儿，就这再普通不过的三样道具，却叫他变得神出鬼没。他两只手各拿一个茶碗，你明明看见每个碗下边扣着两个红球儿，你连眼皮都没眨动一下，嘿！四个球儿竟然全都跑到一个茶碗下边去了，难道这球儿是从地下钻过去的？他就这样把两只碗翻来翻去，一边叫天喊地，东指一下手，西吹一口气，好像真有什么看不见的神灵做他的助手，四个小球儿忽来忽去，根本猜不到它们在哪里。这种戏法比舞台上的魔术难变，舞台只一边对着观众；街头上的土戏法，前后左右围着一圈人，人们的视线从四面八方射来，容易看出破绽。有一次，我亲眼瞧见他手指飞快地一动，把一个球儿塞在碗下边扣住，便禁不住大叫：

“在右边那个碗底下哪，我看见了！”

“你看见了？”快手刘明亮的大眼珠子朝我惊奇地一闪，跟着换了一种正经的神气对我说：“不会吧！你可得说准了。猜错就得买我的糖。”

“行！我说准了！”我亲眼所见，所以一口咬定。自信使我的声音非常响亮。

谁知快手刘哈哈一笑，突然把右边的茶碗翻过来。

“瞧吧，在哪儿呢？”

咦，碗下边怎么什么也没有呢？只有碗口压在黄布上一道圆圆的印子。难道球儿穿过黄布钻进左边那个碗下边去了？快手刘好像知道我怎么猜想，伸手又把左边的茶碗掀开，同样什么也没有！球儿都飞了？只见他将两只空碗对口合在一起，举在头顶上，口呼一声：“来！”双手一摇茶碗，里面竟然哗哗响，打开碗一看，四个球儿居然又都出现在碗里边。怪，怪，怪！

四边围看的人发出一阵惊讶不已的唏嘘之声。

“怎么样？你输了吧！不过在我这儿输了决不罚钱，买块糖吃就行了。这糖是纯糖稀熬的，单吃糖也不吃亏。”

我臊得脸皮发烫，在众人的笑声里买了块棒糖，站到人圈后边去。从此我只站在后边看了，再不敢挤到前边去多嘴多舌。他的戏法，在我眼里真是无比神奇了。这也是我童年真正钦佩的一个人。

他那时不过四十多岁吧，正当年壮，精饱神足，肉重肌沉，皓齿红唇，乌黑的眉毛像用毛笔画上去的。他蹲在那里活像一只站着的大白象。一边变戏法，一边卖糖，发亮而外凸的眸子四处流盼，照应八方；满口不住说着逗人的笑话。一双胖胖的手，指肚滚圆，却转动灵活，那四个小球就在这双手里忽隐忽现。我当时有种奇想，他的手好像是双层的，小球时时藏在夹层里。唉唉，孩提时代的念头，现在不会再有了。

这双异常敏捷的手，大概就是他绰号“快手刘”的来历。他也这样称呼自己，以致在我们居住那一带无人不知他的大名。我童年的许多时光，就是在这最最简单又百看不厌的土戏法里，在这一直也不曾解开的迷阵中，在他这双神奇莫测、令人痴想不已的快手之间消磨的。他给了我多少好奇的快乐呢？

那些伴随着童年的种种人和事，总要随着童年的消逝而远去。我上中学以后就不常见到快手刘了。只是路过那路口时，偶尔碰见他。他依旧那样兴冲冲地变“小碗扣球”，身旁摆着插满棒糖的小绿木箱。此时我已经是懂事的大孩子了，不再会把他的手想象成双层的，却依然看不出半点破绽，身不由己地站在那里，饶有兴致地看了一阵子。我敢说，世界上再好的剧目，哪怕是易卜生和莎士比亚，也不能像我这样成百上千次看个不够。

我上高中是在外地。人一走，留在家乡的童年和少年就像合上的书。往昔美好的故事，亲切的人物，甜醉的情景，就像鲜活的花瓣夹在书页里，再翻开都变成了干枯了的回忆。谁能使过去的一切复活？那去世的外婆、不知去向的挚友，妈妈乌黑的卷发，久已遗失的那些美丽的书，那跑丢了的绿眼睛的小白猫……还有快手刘。

高中二年级的暑期，我回家度假。一天在离家不远的街口看见十多个孩子围着什么又喊又叫。走近一看，心中怦然一动，竟是快手刘！他依旧卖糖和变戏法，但人已经大变样子。十年不见，他好像度过了二十年。模样接近了老汉。单是身旁摆着的那只木箱，就带些凄然的样子。它破损不堪，黑乎乎，黏腻腻，看不出一点先前那悦目的绿色。横板上插糖的洞孔，多年来给棒糖的竹棍捅大了，插在上边的棒糖东倒西歪。再看他，那肩上、背上、肚子上、臂上的肉都到哪儿去了呢？饱满的曲线没了，衣服下处处凸出尖尖的骨形来；脸盘仿佛小了一圈，眸子无光，更没有当初左顾右盼、流光四射的精神。这双手尤其使我动心——他分明换了一双手！手背上青筋绫绫，污黑的指头上绕着一圈圈皱纹，好像吐尽了丝而皱缩下去的老蚕……于是，当年一切神秘的气氛和绝世的本领都从这双手上消失了。他抓着两只碗口已经碰得破破烂烂的茶碗，笨拙地翻来翻去，那四个小球儿，一会儿没头没脑地撞在碗边上，一会儿从手里掉下来。他的手不灵了！孩子们叫起来："球在那儿呢！""在手里哪！""指头中间夹着哪！"在这喊声里，他一慌张，手就愈不灵，抖抖索索搞得他自己也不知道球儿都在哪里了。无怪乎四周的看客只是寥寥一些孩子。

"在他手心里，没错！决没在碗底下！"有个光脑袋的胖小子叫道。

我也清楚地看到，在快手刘扣过茶碗的时候，把地上的球儿取在手中。这动作缓慢迟钝，失误就十分明显。孩子们吵着闹着叫快手刘张开手，快手刘的手却攥得紧紧的，朝孩子们尴尬地掬出笑容。这一笑，满脸皱纹都挤在一起，好像一个皱纸团。他几乎用请求的口气说：

"是在碗里呢！我手里边什么也没有……"

当年神气十足的快手刘哪会用这种口气说话？这些稚气又认真的孩子们偏偏不依不饶，非叫快手刘张开手不可。他哪能张手，手一张开，一切都完了。我真不愿意看见快手刘这一副狼狈的、惶惑的、无措的窘态。多么希望他像当年那次——由于我自作聪明，揭他老底，迫使他亮出一个捉摸不透的绝招。小球突然不翼而飞，呼之即来。如果他再使一下那个绝招，叫这些不知轻重的孩子们领略一下名副其实的快手刘而瞠目结舌多好！但他老了，不再会有那花好月圆的岁月年华了。

我走进孩子们中间，手一指快手刘身旁的木箱说：

“你们都说错了，球儿在这箱子上呢！”

孩子们给我这突如其来的话弄得莫名其妙，都瞅那木箱，就在这时，我眼角瞥见快手刘用一种尽可能的快速度把手里的小球塞到碗下边。

“球在哪儿呢？”孩子们问我。

快手刘笑呵呵翻开地上的茶碗说：

“瞧，就在这儿哪！怎么样？你们说错了吧，买块糖吧，这糖是纯糖熬的，单吃糖也不吃亏。”

孩子们给骗住了，再不喊闹。一两个孩子掏钱买糖，其余的一哄而散。随后只剩下我和从窘境中脱出身来的快手刘，我一扭头，他正瞧我。他肯定不认识我。他皱着花白的眉毛，饱经风霜的脸和灰蒙蒙的眸子里充满疑问，显然他不明白，我这个陌生的青年何以要帮他一下。

1982年11月16日

好嘴杨巴

津门胜地，能人如林，此间出了两位卖茶汤的高手，把这种稀松平常的街头小吃，干得远近闻名。这二位，一位胖黑敦厚，名叫杨七，一位细白精朗，人称杨八。杨七杨八，好赛哥俩，其实却无亲无故，不过他俩的爹都姓杨罢了。杨八本名杨巴，由于“巴”与“八”音同，杨巴的年岁长相又比杨七小，人们便错把他当成杨七的兄弟。不过要说他俩的配合，好比左右手，又非亲兄弟可比。杨七手艺高，只管闷头制作；杨巴口才好，专管外场照应，虽然里里外外只这两人，既是老板又是伙计，闹得却比大买卖还红火。

杨七的手艺好，关键靠两手绝活。

一般茶汤是把秫米面沏好后，捏一撮芝麻撒在浮头，这样做香味只在表面，愈喝愈没味儿。杨七自有高招，他先盛半碗秫米面，便撒上一次芝麻，再盛半碗秫米面，沏好后又撒一次芝麻。这样一直喝到见了碗底都有香味。

他另一手绝活是，芝麻不用整粒的，而是先使铁锅炒过，再拿擀面杖压碎。压碎了，里面的香味才能出来。芝麻必得炒得焦黄不煳，不黄不香，太煳便苦；压碎的芝麻粒还得粗细正好，太粗费嚼，太细也就没嚼头了。这手活儿别人明知道也学不来。手艺人的能耐全在手上，此中道理跟写字画画差不多。

可是，手艺再高，东西再好，拿到生意场上必得靠人吹。三分活，七分说，死人说活了，破货变好货，买卖人的功夫大半在嘴上。到了需要逢场作戏、八面玲珑、看风使舵、左右逢源的时候，就更指着杨巴那张好嘴了。

那次，李鸿章来天津，地方的府县道台费尽心思，究竟拿嘛样的吃喝才能把中堂大人哄得高兴？京城豪门，山珍海味不新鲜，新鲜的反倒是地方风味小吃，可天津卫的小吃太粗太土：熬小鱼刺多，容易卡嗓子；炸麻花邦硬，弄不好硌牙。琢磨三天，难下决断，幸亏知府大人原是地面上走街串巷的人物，嘛都吃过，便举荐出“杨家茶汤”；茶汤黏软香甜，好吃无险，众官员一齐称好，这便是杨巴发迹的缘由了。

这日下晌，李中堂听过本地小曲莲花落子，饶有兴味，满心欢喜，撒泡热尿，身爽腹空，要吃点心。知府大人忙叫“杨七杨八”献上茶汤。今儿，两人自打到这世上来，头次里外全新，青裤青褂，白巾白袜，一双手拿碱面洗得赛脱层皮那样干净。他俩双双将茶汤捧到李中堂面前的桌上，然后一并退后五步，垂手而立，说是听候吩咐，实是请好请赏。

李中堂正要尝尝这津门名品，手指尖将碰碗边，目光一落碗中，眉头忽地一皱，面上顿起阴云，猛然甩手，“啪”地将一碗茶汤打落在地，碎瓷乱飞，茶汤泼了一地，还冒着热气儿。在场众官员吓蒙了，杨七和杨巴慌忙跪下，谁也不知中堂大人为嘛犯怒？

当官的一个比一个糊涂，这就透出杨巴的明白。他眨眨眼，立时猜到中堂大人以前没喝过茶汤，不知道撒在浮头的碎芝麻是嘛东西，一准当成不小心掉上去的脏土，要不哪会有这么大的火气？可这样，难题就来了——

倘若说这是芝麻，不是脏东西，不等于骂中堂大人孤陋寡闻，没有见识吗？倘若不加解释，不又等于承认给中堂大人吃脏东西？说不说，都是要挨一顿臭揍，然后砸饭碗子。而眼下顶要紧的，是不能叫李中堂开口说那是脏东西。大人说话，不能改口。必须赶紧想辙，抢在前头说。

杨巴的脑筋飞快地一转两转三转，主意来了！只见他脑袋撞地，“咚咚咚”叩得山响，一边叫道：“中堂大人息怒！小人不知道中堂大人不爱吃压碎的芝麻粒，惹恼了大人。大人不记小人过，饶了小人这次，今后一定痛改前非！”说完又是一阵响头。

李中堂这才明白，刚才茶汤上那些黄渣子不是脏东西，是碎芝麻。明白过后便想，天津卫九河下梢，人性练达，生意场上，心灵嘴巧。这卖茶汤的小子更是机敏过人，居然一眼看出自己错把芝麻当作脏土，而三两句话，既叫自己明白，又给自己面子。这聪明在眼前的府县道台中间是绝没有的，于是对杨巴心生喜欢，便说：

“不知道当无罪！虽然我不喜欢吃碎芝麻（他也顺坡下了），但你的茶汤名满津门，也该嘉奖！来人呀，赏银一百两！”

这一来，叫在场所有人摸不着头脑。茶汤不爱吃，反倒奖巨银，为嘛？傻啦？杨巴趴在地上，一个劲儿地叩头谢恩，心里头却一清二楚全明白。

自此，杨巴在天津城威名大震。那“杨家茶汤”也被人们改称做“杨巴茶汤”了。杨七反倒渐渐埋没，无人知晓。杨巴对此毫不内疚，因为自己成名靠的是自己一张好嘴，李中堂并没有喝茶汤呀！

1994年1月

长衫老者

我幼时，家对门有条胡同，又窄又长，九曲八折，望进去深邃莫测。隔街是店铺集中的闹市，过往行人都以为这胡同通向那边闹市，是条难得的近道，便一头扎进去，弯弯转转，直走到头，再一拐，迎面竟是一堵墙壁，墙内有户人家。原来这是条死胡同！好晦气！凡是走到这儿来的，都恨不得把这面堵得死死的墙踹倒！

怎么办？只有认倒霉，掉头走出来。可是这么一往一返，不但没抄了近道，反而白跑了长长一段冤枉路。正像俗话说的：贪便宜者必吃亏。那时，只要看见一个人满脸丧气从胡同里走出来，哈，一准知道是撞上死胡同了！

走进这死胡同的，不仅仅是行人，还有一些小商小贩。为了省脚力，推车挑担串进来，这就热闹了。本来狭窄的道儿常常拥塞；叫车轱辘碰伤孩子的事也不时发生。没人打扫它，打扫也没用，整天土尘蓬蓬。人们气急就叫："把胡同顶头那家房子扒了！"房子扒不了，只好忍耐；忍耐久了，渐渐习惯。

就这样，乱乱哄哄，好像它天经地义就该如此。

一天，来了一位老者，个子矮小，干净爽利，一件灰布长衫，红颜白须，目光清朗，胳肢窝夹个小布包包，看样子像教书先生。他走进胡同，一直往里，可过不久就返回来。嘿，又是一个撞上死胡同的！

这位长衫老者却不同常人。他走出来时，面无懊丧，而是目光闪闪，似在思索，然后站在胡同口，向左右两边光秃秃的墙壁望了望，跟着蹲下身，打开那布包，包里面有铜墨盒、毛笔、书纸和一个圆圆的带盖的小饭盆。他取笔展纸，写了端端正正、清清楚楚四个大字：此路不通。又从小盆里捏出几颗饭粒，代做糨糊，把这张纸贴在胡同口的墙壁上，看了两眼便飘然而去。

咦，谁料到这张纸一出，立刻出现奇迹。过路人若要抄近道扎进胡同，一见纸上的字，就转身走掉；小商贩们即使不识字，见这里进出人少，疑惑是死胡同，自然不敢贸然进去。胡同陡然清静多了。过些日子，这纸条给风吹雨打，残破了，胡同里的住家便想到用一块木板，仿照这四个字写在上边，牢牢钉在墙上，这样就长久地保留下来。

胡同自此大变样子。

它出现了从来没见过的情景：有人打扫，有人种花，有孩童玩耍；鸟雀也敢在地面上站一站。逢到一夜大雪过后，犹如一条蜿蜒洁白的带子，渐渐才给早起散步的老人们，踩上一串深深的雪窝窝。这些饱受市井喧嚣的人家，开始享受起幽居的静谧和安宁来了。

于是，我挺奇怪，本来这么简单的一举，为什么许多年里不曾有人想到？我因此愈加敬重那矮小、不知姓名、肯思索、更肯动手来做的长衫老者了……

1984年2月8日

老夫老妻

“为我们唱一支暮年的歌儿吧！”

他俩又吵架了。年近七十的老夫老妻，相依为命地共同生活了四十多年，也吵吵打打地一起度过了四十多年。一辈子里，大大小小的架，谁也记不得打了多少次。但是不管打得如何热闹，最多不过两个小时就能恢复和好，好得像从没吵过架一样。他俩仿佛两杯水倒在一起，怎么也分不开。吵架就像在这水面上划道儿，无论划得多深，转眼连条痕迹也不会留下。

可是今天的架打得空前厉害，起因却很平常——就像大多数夫妻日常吵架那样，往往是从不值一提的小事上开始的——不过是老婆儿把晚饭烧好了，老头儿还趴在桌上通烟嘴，弄得纸块呀，碎布条呀，粘着烟油子的纸捻子呀，满桌子都是。老婆儿催他收拾桌子，老头儿偏偏不肯动。老婆儿便像一般老太太们那样叨叨起来。老婆儿们的唠唠叨叨是通向老头儿们肝脏里的导火线，不一会儿就把老头儿的肝火引着了。两人互相顶嘴，翻起对方多年来一系列过失的老账，话愈说愈狠。老婆儿气得上来一把夺去烟嘴塞在自己的衣兜里，惹得老头儿一怒之下，把烟盒扔在地上，还嫌不解气，手一撩，又将烟灰缸子打落地上。老婆儿则更不肯罢休，用那嘶哑、干巴巴的声音说：

“你摔呀！把茶壶也摔了才算有本事呢！”

老头儿听了，竟像海豚那样从座椅上直蹿起来，还真的抓起桌上沏满热茶的大瓷壶，用力“叭”地摔在地上，老婆儿吓得一声尖叫，看着满地碎瓷片和溅在四处的水渍，直气得她那年老而松垂下来的两颊的肉猛烈抖颤起来，冲着老头大叫：

“离婚！马上离婚！”

这是他俩还都年轻时，每次吵架吵到高潮，她必喊出来的一句话。这句话头几次曾把对方的火气压下去，后来由于总不兑现便失效了；但她还是这么喊，不知是一时为了表示自己盛怒已极，还是迷信这句话最具有威胁性。六十岁以后她就不知不觉地不再喊这句话了。今天又喊出来，可见她已到了怒不可遏的地步。

同样的怒火也在老头儿的心里撞着，就像被斗牛士手中的红布刺激得发狂的牛，在看池里胡闯乱撞。只见他嘴里一边像火车喷气那样不断发出嗤嗤的声音，一边急速而无目的地在屋子中间转着圈。转了两圈，站住，转过身又反方向地转了两圈，然后冲到门口，猛拉开门跑出去，还使劲叭地一声带上门。好似从此一去就再不回来。

老婆儿火气未消，站在原处，面对空空的屋子，还在不住地出声骂他。骂了一阵子，她累了，歪在床上，一种伤心和委屈爬上心头。她想，要不是自己年轻时候得了肠结核那场病，她会有孩子的。有了孩子，她可以同孩子住去，何必跟这愈老愈执拗、愈急躁、愈混账的老东西生气？可是现在只得整天和他在一起，待见他，给他做饭，连饭碗、茶水、烟缸都要送到他跟前，还得看着他对自己耍脾气……她想得心里酸不溜秋，几滴老泪从布满一圈细皱的眼眶里溢出来。

过了很长时间，墙上的挂钟当当响起来，已经八点钟了。他们这场架正好打过了两个小时。不知为什么，他们每次打架过后两小时，心情就非常准时地发生变化，好像大自然的节气一进“七九”，封冻河面的冰片就要化开那样。刚刚掀起大波大澜的心情渐渐平息下来，变成浅浅的水纹一般。她耳边又响起刚才打架时自己朝老头儿喊的话：“离婚！马上离婚！”她忽然觉得这话又荒唐又可笑。哪有快七十的老夫老妻还打离婚的？她不禁“噗哧”一下笑出声来。这一笑，她心里一点皱褶也没了；连一点点怒意、埋怨和委屈的心情也都没了。她开始感到屋里空荡荡的，还有一种如同激战过后的战地那样出奇的安静，静得叫人别扭、空虚、没着没落的。于是，悔意便悄悄浸进她的心中。她想，俩人一辈子什么危险急难的事都经受过来了，像刚才那么点儿小事还值得吵闹么？——她每次吵过架冷静下来时都要想到这句话。可是……老头儿总该回来了；他们以前吵架，他也跑出去过，但总是一个小时左右就悄悄回来了。但现在已经两个小时仍没回来。他又没吃晚饭，会跑到哪儿去呢？外边正下大雪，老头儿没戴帽子、没围围巾就跑了，外边地又滑，瞧他临出门时气冲冲的样子，别不留神滑倒摔坏吧？想到这儿，她竟在屋里待不住了，用手背揉揉泪水干后皱巴巴的眼皮，起身穿上外衣，从门后的挂衣钩儿上摘下老头儿的围巾、棉帽，走出房子去了。

雪下得正紧，积雪没过脚面。她左右看看，便向东边走去。因为每天早上他俩散步就先向东走，绕一圈儿，再从西边慢慢走回家。

夜色并不太暗，雪是夜的对比色，好像有人用一支大笔蘸足了白颜色把所有树枝都复勾一遍，使婆娑的树影在夜幕上白绒绒、远远近近、重重叠叠地显现出来。雪还使路面变厚了，变软了，变美了；在路灯的辉映下，繁密的大片大片的雪花纷纷而落，晶晶莹莹地闪着光，悄无声息地加浓它对世间万物的渲染。它还有种潮湿而又清冽的气息，有种踏上去清晰悦耳的咯吱咯吱声；特别是当湿雪蹭过脸颊时，别有一种又痒、又凉、又舒服的感觉。于是这普普通通、早已看惯了的世界，顷刻变得雄浑、静穆、高洁，充满活鲜鲜的生气了。

她一看这雪景，突然想到她和老头儿的一件遥远的往事。

五十年前，她和他都是不到二十岁的欢蹦乱跳的青年，在同一个大学读书。老头儿那时可是个有魅力、精力又充沛的小伙子，喜欢打排球、唱歌、演戏，在学生中属于“新派”，思想很激进。她不知是因为喜欢他、接近他，自己的思想也变得激进起来，还是由于他俩的思想常常发生共鸣才接近他、喜欢他的。他们在一个学生剧团。她的舞跳得十分出众。每次排戏回家晚些，他都顺路送她回家。他俩一向说得来，渐渐却感到在大庭广众中间有说有笑，在两人回家的路上反而没话可说了。两人默默地走，路显得分外长，只有脚步声，那是一种甜蜜的尴尬呀！

她记得那天也是下着大雪，两人踩着雪走，也是晚上八点来钟，她从多少天对他的种种感觉中，已经又担心又期待地预感到他这天要表示些什么了。在沿着河边的那段宁静的路上，他突然仿佛抑制不住地把她拉到怀里去。她猛地推开他，气得大把大把抓起地上的雪朝他扔去。他呢？竟然像傻子一样一动不动，任她用雪打在身上，直打得他浑身上下像一个雪人。她打着打着，忽然停住了，呆呆看了他片刻，忽然扑向他身上。她感到，他有种火烫般的激情透过身上厚厚的雪传到她身上。他们的恋爱就这样开始了。——从一场奇特的战斗开始的。

多少年来，这桩事就像一张画儿那样，分外清楚而又分外美丽地收存在她心底。每逢下雪天，她就不免想起这桩醉心的往事。年轻时，她几乎一见到雪就想到这事；中年之后，她只是偶然想到，并对他提起，他听了都要会意地一笑，随即两人都沉默片刻，好像都在重温旧梦。自从他们步入风烛残年，即使下雪天气也很少再想起这桩事。是不是一生中经历的事太多了，积累起来就过于沉重，把这桩事压在底下拿不出来了？但为什么今天它却一下子又跑到眼前，分外新鲜而又有力地来撞她的心……

现在她老了，与那个时代相隔半个世纪了。时光虽然依旧带着他们往前走，却也把他们的精力消耗得快要枯竭了。她那一双曾经蹦蹦跳跳、多么有劲的腿，如今僵硬而无力；常年的风湿病使她的膝头总往前屈着，雨雪天气里就隐隐发疼；此刻在雪地里，每一步踩下去都是颤巍巍的，每一步抬起来都费力难拔。一不小心，她滑倒了，多亏地上是又厚又软的雪。她把手插进雪里，撑住地面，艰难地爬起来，就在这一瞬间，她又想起另一桩往事——

啊！那时他俩刚刚结婚，一天晚上去平安影院看卓别林的《摩登时代》。他们走进影院时，天空阴沉沉的。散场出来时一片皆白，雪还下着。那时他们正陶醉在新婚的快乐里，内心的幸福使他们把贫穷的日子过得充满诗意。瞧那风里飞舞的雪花，也好像在给他们助兴；满地的白雪如同他们的心境那样纯净明快。他们走着走着，又说又笑，跟着高兴地跑起来。但她脚下一滑，跌在雪地里。他跑过来伸给她一只手，要拉她起来。她却一打他的手：

“去，谁要你来拉！”

她的性格和他一样，有股倔劲儿。

她一跃就站了起来。那时是多么轻快啊，像小鹿一般，而现在她又是多么艰难呀，像衰弱的老马一般。她多么希望身边有一只手，希望老头儿在她身边！虽然老头儿也老而无力了，一只手拉不动她，要用一双手才能把她拉起来。那也好！总比孤孤单单一个人好。她想到楼上邻居李老头，“文化大革命”初期老伴被折腾死了。尽管有个女儿，婚后还同他住在一起，但平时女儿、女婿都上班，家里只剩李老头一人；星期天女儿、女婿带着孩子出去玩，家里依旧剩李老头一人。——年轻人和老年人总是有距离的。年轻人应该和年轻人在一起玩，老人得有老人为伴。

真幸运呢！她这么老，还有个老伴。四十多年如同形影，紧紧相随。尽管老头儿爱急躁，又固执，不大讲卫生，心也不细，等等，却不失为一个正派人，一辈子没做过一件亏心的、损人利己的、不光彩的事。在那道德沦丧的岁月里，他也没丢弃过自己奉行的做人的原则。他迷恋自己的电气传动专业，不大顾及家里的事。如今年老退休，还不时跑到原先那研究所去问问、看看、说说，好像那里有什么事与他永远也无法了结。她还喜欢老头儿的性格，真正的男子气派，一副直肠子，不懂得与人记仇记恨；粗心不是缺陷，粗线条才使他更富有男子气……她愈想，老头儿似乎就愈可爱了。两小时前能够一样样指出来、几乎无法忍受的老头儿的可恨之处，也不知都跑到哪儿去了。此刻她只担心老头儿雪夜外出，会遇到什么事情。她找不着老头儿，这担心就渐渐加重。如果她的生活里真丢了老头儿，会变成什么样子？多少年来，尽管老头儿夜里如雷一般的鼾声常常把她吵醒，但只要老头儿出差外地，身边没有鼾声，她反而睡不着觉，仿佛世界空了一大半……想到这里，她就有一种马上把老头儿找到身边的急渴的心情。

她在雪地里走了一个多小时，大概快有十点钟了，街上没什么人了，老头儿仍不见，雪却稀稀落落下小了。她两脚在雪里冻得生疼，膝头更疼，步子都迈不动了，只有先回去了，看看老头儿是否已经回家了。

她往家里走。快到家时，她远远看见自己家的灯亮着，灯光射出，有两块橘黄色窗形的光投落在屋外的雪地上。她心里怦地一跳：

“是不是老头儿回来了？”

她又想，是她刚才临出家门时慌慌张张忘记关灯了，还是老头儿回家后打开的灯？

走到家门口，她发现有一串清晰的脚印从西边而来，一直拐向她楼前的台阶。这是老头儿的吧？跟着她又疑惑这是楼上邻居的脚印。

她走到这脚印前弯下腰仔细地看，这脚印不大不小，留在踏得深深的雪窝里。她却怎么也辨认不出是否是老头儿的脚印。

“天呀！”她想，“我真糊涂，跟他生活一辈子，怎么连他的脚印都认不出来呢?"

她摇摇头，走上台阶打开楼门。当将要推开屋门时，心里默默地念叨着："愿我的老头儿就在屋里!"这心情只有在他们五十年前约会时才有过。初春时曾经撩拨人心的劲儿，深秋里竟又感受到了。

屋门推开了，啊！老头儿正坐在桌前抽烟。地上的瓷片都扫净了。炉火显然给老头儿捅过，呼呼烧得正旺。顿时有股甜美而温暖的气息，把她冻得发僵的身子一下子紧紧地攫住。她还看见，桌上放着两杯茶，一杯放在老头儿跟前，一杯放在桌子另一边，自然是斟给她的……老头儿见她进来，抬起眼看她一下，跟着又温顺地垂下眼皮。在这眼皮一抬一垂之间，闪出一种羞涩的、发窘、歉意的目光。每次他俩闹过一场之后，老头儿眼里都会流露出这目光。在夫妻之间，打过架又言归于好，来得分外快活的时刻里，这目光给她一种说不出的安慰。

她站着，好像忽然想到什么，伸手从衣兜里摸出刚才夺走的烟嘴，走过去，放在老头儿跟前。一时她鼻子一酸，想掉泪，但她给自己的倔劲儿抑制住了。什么话也没说，赶紧去给空着肚子的老头儿热菜热饭，还煎上两个鸡蛋……

1981年6月17日

最后的凡·高

（1888年2月21日—1890年7月29日）

我在广岛的原子弹灾害纪念馆中，见到一个很大的石件，上边清晰地印着一个人的身影。据说这个人当时正坐在广场纪念碑前的台阶上小憩。在原子弹爆炸的瞬间，一道无比巨大的强光将他的影像投射在这石头上，并深深印进石头里边。这个人肯定随着核爆炸灰飞烟灭，然而毁灭的同时却意外地留下一个匪夷所思的奇观。

毁灭往往会创造出奇迹。这在大地震后的唐山、火山埋没的庞贝城，以及奥斯威辛与毛特豪森集中营里我们都已经见过。这些奇迹全是悲剧性的，充满着惨烈乃至恐怖的气息。可是为什么凡·高却是一个空前绝后的例外，他偏偏在毁灭之中闪耀出无可比拟的辉煌？

法国有两个不起眼的小地方，一直令我迷惑又神往。一个是巴黎远郊瓦涅河边的奥维尔，一个是远在南部普罗旺斯地区的阿尔，它们是凡·高近乎荒诞人生的最后两个驿站。阿尔是凡·高神经病发作的地方，奥维尔则是他疾病难耐、最后开枪自杀之处。但使人莫解的是，凡·高于1888年2月21日到达阿尔，12月发病，转年5月住进精神病院，一年后出院前往奥维尔，两个月后自杀。这前前后后只有两年！然而他一生中最杰出的作品却差不多都在这最后两年、最后两个地方，甚至是在精神病反反复复发作中画的。为什么？

于是，我把这两个地方"两点一线"串联起来。先去普罗旺斯的阿尔去找他那个"黄色小屋"，还有圣雷米精神病院；再回到巴黎北部的奥维尔，去看他画过的那里的原野，以及他的故居、教堂和最终葬身的墓地。我要在法国的大地上来来回回跑一千多公里，去追究一下这个在艺术史上最不可思议的灵魂。我要弄个明白。

在凡·高来到阿尔之前，精神系统里已经潜伏着发生错乱和分裂的可能。这位有着来自母亲家族的神经病基因的荷兰画家，孤僻的个性中包藏着脆性的敏感与烈性的张力。他绝对不能与社会及群体相融，耽于放纵的思索，孤军奋战那样地在一己的世界中为所欲为。然而，没有人会关心这个在当时还毫无名气的画家的精神问题。

在世人的眼里，一半生活在想象天地里的艺术家们，本来就是一群"疯子"。故此，不会有人把他的喜怒无常、易于激动、抑郁寡言看作是一种精神疾病早期的作怪。他的一位画家朋友纪约曼回忆他突然激动起来的情景时说："他为了迫不及待地解释自己的看法，竟脱掉衣服，跪在地上，无论怎样也无法使他平静下来。"

这便是巴黎时期的凡·高。最起码他已经是非常的神经质了。

凡·高于1881年11月在莫弗指导下画成第一幅画。但是此前此后，他都没有接受过任何系统性的绘画训练。1886年2月他为了绘画来到巴黎。这时他还没有确定的画风。他崇拜德拉克洛瓦、米勒、罗梭，着迷于正在巴黎走红的点彩派的修拉，还有日本版画。这期间他的画中几乎谁的成分都有。如果非要说出他的画有哪些特征是属于自己的，那便是一种粗犷的精神与强劲的生命感。而这时，他的精神疾病就已经开始显露出端倪——

1886年他刚来到巴黎时，大大赞美巴黎让他头脑清晰，心情舒服无比。经他做画商的弟弟迪奥介绍，他加入了一个艺术团体，其中有印象派画家莫奈、德加、毕沙罗、高更等，也有小说家左拉和莫泊桑。这使他大开眼界。但一年后，他便厌烦了巴黎的声音，对周围的画家感到恶心，对身边的朋友愤怒难忍。随后他觉得一切都混乱不堪，根本无法作画，他甚至感觉巴黎要把他变成"无可救药的野兽"。于是他决定"逃出巴黎"，去南部的阿尔！

1888年2月他从巴黎的里昂车站踏上了南下的火车。火车上没有一个人知道他的名字，更不会有人知道这个人不久就精神分裂，并在同时竟会成为世界美术史上的巨人。

我从马赛出发的时间接近中午。当车子纵入原野，我忽然明白了一百年前——初到阿尔的凡·高那种“空前的喜悦”由何而来。普罗旺斯的太阳又大又圆，在世界任何地方都见不到这样大的太阳。它距离大地很近，阳光直射，不但照亮也照透了世上的一切，也使凡·高一下子看到了万物的本质——一种通透的、灿烂的、蓬勃的生命本质。他不曾感受到生命如此的热烈与有力！他在给弟弟迪奥的信中，上百次地描述太阳带给他的激动与灵感。而且他找到了一种既属于阳光也属于他自己的颜色——夺目的黄色。他说：“铬黄的天空，明亮得几乎像太阳。太阳本身是一号铬黄加白。天空的其他部分是一号和二号铬黄的混合色。它们黄极了！”这黄色立刻改变了凡·高的画，也确立了他的画风！

大太阳的普罗旺斯使他升华了。他兴奋至极。于是，他马上想到把他的好朋友高更拉来。他急渴渴要与高更一起建立起一间“未来画室”。他幻想着他们共同和永远地使用这间画室，并把这间画室留给后代，留给将来的“继承者们”。他心中充满一种壮美的事业感。他真的租了一间房子，买了几件家具，还用他心中的黄色将房子的外墙漆了一遍。此外又画了一组十几幅《向日葵》挂在墙上，欢迎他所期待的朋友的到来。这种吸满阳光而茁壮开放的粗大花朵，这种“大地的太阳”，正是他一种含着象征意味的自己。

在高更没有到来之前，凡·高生活在一种浪漫的理想里。他被这种理想弄得发狂。这是他一生最灿烂的几个月。他的精神快活，情绪亢奋。他甚至喜欢上阿尔的一切：男女老少，人人都好。他为很多人画了肖像，甚至还用高更的笔法画了一幅《阿尔的女人》。凡·高在和他的理想恋爱。于是这期间，他的画——比如《繁花盛开的果园》《沙滩上的渔船》《朗卢桥》《圣玛丽的农舍》《罗纳河畔的星夜》等，全都出奇地宁静、明媚与柔和。对于凡·高本人的历史，这是极其短暂又特殊的一个时期。

其实从骨子里说，所有的艺术家都是一种理想主义者，或者说理想才是艺术的本质。但危险的是，他把另一个同样极有个性的画家——高更，当作了自己理想的支柱。

在去往阿尔的路上，我们被糊里糊涂的当地人指东指西地误导，待找到拉马丁广场，已经完全天黑。这广场很大，圆形的，外边是环形街道，再外边是一圈矮矮的小房子。黑黑的，但全都亮着灯。几个开阔的路口，通往四外各处。我们四下去打听拉马丁广场二号——凡·高的那个黄色的小楼。但这里的人好像还是一百年前的阿尔人，全都说不清那个叫什么凡·高的人的房子究竟在哪里。最后问到一个老人，那老人苦笑一下，指了指远处一个路口便走了。

我们跑到那里，空荡荡一无所有。仔细找了找，却见一个牌子立着。呀，上边竟然印着凡 · 高的那幅名作《在阿尔的艺术家的卧室》——正是那座黄色的小楼！然而牌子上的文字却说这座小楼早在二战期间毁于战火。我们脚下的土地就是黄色小楼的遗址。这一瞬，我感到一阵空茫。我脑子里迅速掠过1888年冬天这里发生过的事——高更终于来到这里。但现实总是破坏理想的。把两个个性极强的艺术家放在一起，就像把两匹烈马放在一起。两人很快就意见相左，跟着从生活方式到思想见解全面发生矛盾，于是天天争吵，时时酝酿着冲突，并发展到水火不容的境地。于是理想崩溃了。那个梦幻般的“未来画室”彻底破灭。潜藏在凡 · 高身上的精神病终于发作。他要杀高更。在无法自制的狂乱中，他割下自己的耳朵。随后是高更返回巴黎，凡 · 高陷入精神病中无以自拔。他的世界就像现在我眼前的阿尔，一片深黑与陌生。

我同来的朋友问：“还去看圣雷米修道院里的那个精神病院吗？不过现在太黑，去了恐怕什么也看不见。”

我说：“不去了。”我已经知道，那座将凡 · 高像囚徒般关闭了一年的医院，究竟是什么气息了。

在凡 · 高一生写给弟弟迪奥的八百封信件里，使我读起来感到最难受的内容，便是他与迪奥谈钱。迪奥是他唯一的知音和支持者。他十年的无望的绘画生涯全靠着迪奥在经济上的支撑。迪奥是个小画商，手头并不宽裕，尽管每月给凡·高的钱非常有限，却始终不弃地来做这位用生命祭奠艺术的兄长的后援。这就使凡·高终生被一种歉疚折磨着。他在信中总是不停地向迪奥讲述自己怎样花钱和怎样节省，解释生活中哪些开支必不可少，报告他口袋里可怜巴巴的钱数。他还不断地做出保证，绝不会轻易糟蹋掉迪奥用辛苦换来的每一个法郎。如果迪奥寄给他的钱迟了，他会非常为难地诉说自己的窘境。说自己怎样在用一杯又一杯的咖啡，灌满一连空了几天的肚子；说自己连一尺画布也没有了，只能用纸来画速写或水彩。当他被贫困逼到绝境的时候，他会恳求地说："我的好兄弟，快寄钱来吧！"

但每每这个时候，他总要告诉迪奥，尽管他还没有成功，眼下他的画还毫不值钱，但将来一定有一天，他的画可以卖到二百法郎一幅。他说那时"我就不会对吃喝感到过分耻辱，好像有吃喝的权利了"。

他向迪奥保证他会愈画愈好。他不断地把新作寄给迪奥来作为一种"抵债"。他说将来这些画可以使迪奥获得一万法郎。他用这些话鼓舞弟弟，他害怕失去支持，当然他也在给自己打气。因为整个世界没有一个人看上他的画。但今天——特别是商业化的今天，为什么凡·高每一个纸片反倒成了"全人类的财富”？难道商业社会对于文化不是充满了无知与虚伪吗？

故此在他心中，苦苦煎熬着的是一种自我的怀疑。他对自己“去世之后，作品能否被后人欣赏”毫无把握，他甚至否认成功的价值乃至绘画的意义。好像只有否定成功的意义，才能使失落的自己获得一点虚幻的平衡。自我怀疑，乃是一切没有成功的艺术家最深刻的痛苦。他承认自己“曾经给一种不可抗拒的力量挫败过”。在这种时候，他便对迪奥说：“我宁愿放弃画画，不愿看着你为我赚钱而伤害自己的身体！”

他一直这样承受着精神与物质的双重的摧残。

可是，在他“面对自然的时候，画画的欲望就会油然而生”。在阳光的照耀下，世界焕发出美丽而颤动的色彩，全都涌入他的眼睛；天地万物勃发的生命激情，令他震栗不已。这时他会不顾一切地投入绘画，直至挤尽每一支铅管里的油彩。

当他在绘画时，会充满自信，忘乎所以，为所欲为；当他走出绘画回到了现实，就立刻感到茫然，自我怀疑，自我否定。他终日在这两个世界中来来回回地往返。所以他的情绪大起大落。他在这起落中大喜大悲，忽喜忽悲。

从他这大量的“心灵的信件”中，我读到——

他最愿意相信的话是福楼拜说的：“天才就是长期的忍耐。”

他最想喊叫出来的一句话是：“我要作画的权利！”

他最现实的呼声是："如果我能喝到很浓的肉汤，我的身体马上会好起来！当然，我知道，这种想法很荒唐。"

如果着意地去寻找，会发现这些呼喊如今依旧还在凡·高的画里。

凡·高于1888年12月23日发病后，病情时好时坏，时重时轻，一次次住进医院。这期间他会忽然怀疑有人要毒死他，或者在同人聊天时，端起调颜色的松节油要喝下去，后来他发展到在作画的过程中疯病突然发作。1889年5月他被送进离阿尔一公里的圣雷米精神病院，成了彻头彻尾的精神病人。但就在这时，奇迹出现了。凡·高的绘画竟然突飞猛进，风格迅速形成。然而这奇迹的代价却是一个灵魂的自焚。

他的大脑弥漫着黑色的迷雾，时而露出清明，时而一片混沌。他病态的神经日趋脆弱，乱作一团的神经刚刚出现一点头绪，忽然整个神经系统全部爆裂，乱丝碎絮般漫天狂舞。在贫困、饥饿、孤独和失落之外，他又多了一个恶魔般的敌人——精神分裂。这个敌人巨大，无形，桀骜，骄横，来无影去无踪，更难于对付。他只有抓住每一次发病后的"平静期"来作画。

在他生命最后一年多的时间，他被这种精神错乱折磨得痛不欲生，没有人能够理解。因为真正的理解只能来自自身的体验。癫痫、忧郁、幻觉、狂乱，还有垮掉了一般的深深的疲惫。他几次在“灰心到极点”时都想到了自杀。同时又一直否定自己真正有病来平定自己。后来他发现只有集中精力，在画布上解决种种艺术的问题时，他的精神才会舒服一些。他就拼命并专注地作画。他在阿尔患病期间作画的数量大得惊人。一年多，他画了两百多幅作品。但后来愈来愈频繁地发病，时时中断了他的工作。他在给迪奥的信中描述过：他在画杏花时发病了，但是病好转之后，杏花已经落光。神经病患者最大的痛苦是在清醒过来之后。他害怕再一次发作，害怕即将发作的那种感觉，更害怕失去作画的能力。他努力控制自己“不把狂乱的东西画进画中”。他还说，他已经感受到“生之恐怖”！这“生之恐怖”便是他心灵最早发出的自杀的信号！

然而与之相对的，却是他对艺术的爱！在面对不可遏止的疾病的焦灼中，他说：“绘画到底有没有美，有没有用处，这实在令人怀疑。但是怎么办呢？有些人即使精神失常了，却仍然热爱着自然与生活，因为他是画家！”“面对一种把我毁掉的、使我害怕的病，我的信仰仍然不会动摇！”

这便是一个神经错乱者最清醒的话。他甚至比我们健康人更清醒和更自觉。

凡·高的最后一年，他的精神世界已经完全破碎。一如大海，风暴时起，颠簸倾覆，没有多少平稳的陆地了。特别是他出现幻觉的症状之后（1889年2月），眼中的物象开始扭曲、游走、变形。他的画变化得厉害。一种布满画面蜷曲的线条，都是天地万物运动不已的轮廓。飞舞的天云与树木，全是他内心的狂飙。这种独来独往的精神放纵，使他的画显示出强大的主观性，一下子，他就从印象派画家马奈、莫奈、德加、毕沙罗等所受的客观的和视觉的约束中解放出来。但这不是理性的自觉，而恰恰是精神病发作所致。奇怪的是，精神病带来的改变竟是一场艺术上的革命，印象主义一下子跨进它光芒四射的后期。这位精神病患者的画非但没有任何病态，反而迸发出巨大的生命热情与健康的力量。

对于凡·高这位来自社会底层的画家，他一生都在对米勒崇拜备至。米勒对大地耕耘者淳朴的颂歌，响彻了凡·高整个艺术生涯。他无数次地去画米勒《播种者》那个题材。因为这个题材最本质地揭示着大地生命的缘起。故此，燃起他艺术激情的事物，一直都是阳光里的大自然，朴素的风景，长满庄稼的田地，灿烂的野花，村舍，以及身边寻常和勤苦的百姓们。他一直呼吸着这生活的元气，并将自己的生命与这世界上最根本的生命元素融为一体。

当患病的凡·高的精神陷入极度的亢奋中，这些生命便在他眼前熊熊燃烧起来，飞腾起来，鲜艳夺目，咄咄逼人。这期间使他痴迷并一画再画的丝杉，多么像是一种从大地冒出来的巨大的生命火焰！这不正是他内心一种生命情感的象征么？精神病非但没有毁掉凡·高的艺术，反而将他心中全部能量一起爆发出来。

或者说，精神病毁掉了凡·高本人，却成就了他的艺术。这究竟是一种幸运，还是残酷的毁灭？

令人匪夷所思的是，这种精神病的程度“恰到好处”。他在神智上虽然颠三倒四，但色彩的法则却一点不乱。他对色彩的感觉甚至都是精确至极。这简直不可思议！就像双耳全聋的贝多芬，反而创作出博大、繁复、严谨、壮丽的《第九交响乐》。是谁创造了这种艺术史的奇迹和生命的奇迹？

倘若他病得再重一些，全部陷入疯狂，根本无法作画，美术史便绝不会诞生出凡·高来；倘若他病得轻一些，再清醒和理智一些呢？当然，也不会有现在这个在画布上电闪雷鸣的凡·高了。

它叫我们想起，大地震中心孤零零竖立的一根电杆，核爆炸废墟中唯一矗立的一幢房子。当他整个神经系统损毁了，唯有那根艺术的神经却依然故我。

这一切，到底是生命与艺术共同的偶然，还是天才的必然？

1890年5月凡·高到达巴黎北郊的奥维尔。在他生命最后的两个月里，他贫病交加，一步步走向彻底的混乱与绝望。他这期间所画的《奥维尔的教堂》《有杉树的道路》《蒙塞尔的茅屋》等，已经完全是神经病患者眼中的世界。一切都在裂变、躁动、飞旋与不宁。但这种听凭病魔的放肆，却使他的绘画达到绝对的主观和任性。我们健康人的思维总要受客观制约，神经病患者的思维则完全是主观的。于是他绝世的才华，刚劲与烈性的性格，艺术的天性，得到了最极致的宣泄。一切先贤偶像、艺术典范、惯性经验，全都不复存在。人类的一切创造都是对自己的约束。但现在没有了！面对画布，只有一个彻底的自由与本性的自己。看看《奥维尔乡村街道》的天空上那些蓝色的短促的笔触，还有《蓝天白云》那些浓烈的、厚厚的、挥霍着的油彩，就会知道，凡·高最后涂抹在画布上的全是生命的血肉。唯其如此，才能具有这样永恒的震撼。

这是一个真正的疯子的作品，也是旷古罕见的天才的杰作。

除了他，没有任何一个神经病患者能够这样健康地作画；除了他，没有任何一个艺术家能够拥有这样绝对的非常态的自由。

我们从他最后一幅油画《麦田群鸦》已经看到他的绝境。大地在乌云的倾压下，恐惧、压抑、惊栗，预示着灾难的风暴即将到来。三条道路伸往三个方向，道路的尽头全是一片迷茫与阴森。这是他生命最后一幅逼真而可怕的写照，也是他留给世人一份刺目的图像遗书。他给弟弟迪奥的最后一封信中说：

“我以生命为赌注作画。为了它，我已经丧失了正常人的理智。”在精疲力竭之后，他终于向狂乱的病魔垂下头来，放下了画笔。

1890年7月27日他站在麦田中开枪自杀。被枪声惊起的“扑喇喇”的鸦群，就是他几天前画《麦田群鸦》时见过的那些黑黑的乌鸦。

随后，他在奥维尔的旅店内流血与疼痛，忍受了整整两天，29日死去。离开了这个他疯狂热爱却无情抛弃了他的冷冰冰的世界。冰冷而空白的世界。

我先看了看他在奥维尔的那间住房。这是当年奥维尔最廉价的客房，每天租金只有三点五法郎。大约七平方米。墙上的裂缝，锈蚀的门环，沉暗的漆墙，依然述说着当年的境况。从坡顶上的一扇天窗只能看到一块半张报纸大小的天空。但我忽然想到《哈姆·雷特》中的一句台词：“即使把我放在火柴盒里，我也是无限空间的主宰者。”

从这小旅舍走出，向南经过奥维尔教堂，再走五百米，便是他的墓地。这片墓地在一片开阔的原野上。使我想到凡·高画了一生的那种浑厚而浩瀚的大地，他至死仍旧守望着这一切生命的本土。墓地外只圈了一道很矮的围墙。三百年来，当奥维尔人的灵魂去往天国之时，都把躯体留在这里。凡·高的坟茔就在北墙的墙根。弟弟迪奥的坟墓与他并排。大小相同，墓碑也完全一样，都是一块方形的灰色的石板，顶端拱为半圆。上边极其简单地刻着他们的姓名与生卒年月。没有任何雕饰，一如生命本身。迪奥是在凡·高去世半年后死去的。他生前身后一直陪伴着这个兄长。他一定是担心他的兄长在天国也难于被理解，才匆匆跟随而去。

一片浓绿的常春藤像一块厚厚的毯子，把他俩的坟墓严严实实遮盖着。岁月已久，两块墓碑全都苔痕斑驳。唯一不同的是凡·高的碑前总会有一束麦子，或几朵鲜黄的向日葵。那是来自世界各地的人们献上去的。但没有人会捧来艳丽而名贵的花朵。凡·高的敬仰者们都知道他生命的特殊而非凡的含义，他生命的本质及其色彩。

凡·高的一生，充满世俗意义上的“失败”。他名利皆空，情爱亦无，贫困交加，受尽冷遇与摧残。在生命最后的两年，他与巨大而暴戾的病魔苦苦搏斗，拼死为人间换来了艺术的崇高与辉煌。

如果说凡·高的奇迹，是天才加上精神病，那么，凡·高至高无上的价值，是他无与伦比的艺术和为艺术而殉道的伟大的一生。

真正的伟大的艺术，都是作品加上他全部的生命。

2001年6月24日

旅行

时空交错的旅行

那种回过身进入过去时光的奇妙的感觉是作家想象出来的。我国的蒲松龄和美国的霍桑都写过这样的小说。这只是一种想象而非现实。但后来科学家说，如果人的飞行速度超越光速，有可能看到留在光里的昨日的景象。现代科学的想象力愈来愈超过作家的想象。科学家还发明出一个神奇又诱惑的词汇，叫作“时光隧道”。

但是时至今日，还没有人进入过时光隧道。我们依然使用传统的方式——回忆来感受和重温往事。然而，没想到这种超时空的感受竟然出现在我的俄罗斯之行中。

如今从俄罗斯回来已经两个月，我仍旧不能弄清此行所感受的那种奇异、错乱与美妙。历史与现实，已知和未知，自己与对方，全都碎片状地相互无序地交错在一起。我第一次经历这样一种旅行体验：不是不断看到新的，而是常常遇到旧的。很像是重返故乡。这又很好笑！

一个国家的几代人，怎么会受到另一个国家如此深刻的影响？其实这影响最多不过15年。但那时我们的一切全是“苏式”的。从社会理想、政治制度、行政体制到行为方式，再到语言与词汇。从集体农庄、公有制、书记、集体舞、连衣裙、红领巾、革命万岁到“同志”之称，我们是全盘苏化！那时的全盘苏化比今天的西化厉害得多。因为那时的舶来品只准许苏联一个。为此，我们的文化记忆中最深刻的是托尔斯泰、肖洛霍夫、列宾、柴可夫斯基、肖斯塔科维奇、斯坦尼斯拉夫斯基、奥依斯特拉赫、乌兰诺娃和邦达尔丘克。我们几乎被他们全方位地覆盖。幸好俄罗斯的文学艺术是世界一流的。于是，他们的文化精华亮闪闪地弥漫了我们的精神世界中。

我们与这个“兄弟般的苏联”，亲密无间过，也誓不两立过。跟着又各自走过一条全然不同和充满阵痛的过程，并一直走到今天。这一过程长达十年、二十年，那么今天我们进入的将是哪一个俄罗斯？是老俄罗斯、苏联，还是今天的俄联邦？俄联邦是什么样的？待我走进这个国家，竟然发现它什么都有。广场上有堆满鲜花的普希金雕像，政府大楼上依然保留着苏联的国徽与党徽，街头上到处可见美国人那种红黄相间的麦当劳快餐店。它古老文化的魅力叫你感到亲切，计划经济时代遗留的刻板而冷漠的作风唤起你对旧日的厌恶感，今天的市场化与西方化又使你感慨良多。我的思维从一个时代跳到另一个时代，由一个空间跳到另一个空间。没有任何一种旅行能带来如此时空的错位感及其复杂的思想情感。

我外出旅行时，总喜欢听一两盘录音带。音乐是生活最好的载体。过后只要把这音乐一放，昔日的情景便会不约自来。

我这次坐在汽车上，不断地交换地听两盘带子。一盘是从克林市的柴可夫斯基故居博物馆买的《四季》，里边所有的钢琴曲我都可以“背诵”下来。这音乐与车窗外的风景全然融为一体。还有一盘是当今俄罗斯走红的女歌手玛丽莎·道丽娜的歌曲集。其中一首《到处是你的名字》，叫我听一次感动一次。尽管她的唱法已经很流行化和西方化了，但骨子里却是俄罗斯的。这种音乐的感觉就是今天的俄罗斯。

有一次，汽车跑着跑着，忽然无线电里冒出一个非常熟悉的声音。这是歌曲《我们祖国多么辽阔广大》第一句的乐曲。俄罗斯国家电台每次开播都必须播放的。苏联时期的对华广播开播时也必播放这个声音。但在“文化大革命”期间，听“苏联广播”是偷听敌台，判刑至少十年。

那时我家有台浅蓝色的小无线电。有时深夜里偷偷听一次“苏联广播”。尽管怕人发现，听得心惊肉跳，但在那个绝对的精神禁锢的时代，多希望听到一点异样的声音啊。一天，我单位一位革委会负责人到我家串门，此人极其精明。他见我有无线电，忽然伸手把开关钮拧开，把声音拧大，但不动选台钮。他是想知道我此前所听的什么电台，是不是“偷听敌台”了。这一招阴毒至极，直叫我心跳如击鼓，因为我也不知道此前我听了什么。待声音一响，原来是样板戏《智取威虎山》。

我悬在心中的石头落地，他也作罢。可是如果真的在“敌台”上呢？我一定会大祸临头。这件事叫我后怕了许多年。

俄罗斯啊，你和我有多么深刻的交识！

然而，待我静下来观察，我则从这错乱中找到了我所关心和寻求的问题。作家最关注的是未来。他要从现实发现未来的先兆，找出社会的灵魂之所在，还有这个民族的精神基因究竟是什么状况，在全球化的世界中有没有变化？如果站在这一点上看，我对俄罗斯人真是充满敬意与信心。而我把这一切都写在这本书中了。

写到这里，我忽然觉得时空位置渐渐变得清晰而有序，那便是从历史到今天，从今天到未来。

还有，我是俄罗斯正在急剧变化之中来到这里的。我真实地记下我所看的和感受到的。我相信对于明天的俄罗斯来说，这将是一个“外国人”为他们记下的一份世纪初随感式的档案。

且为序。

2002年8月

西方人与人

人与人的关系，是我研究的重点。我的职业是写人，人内心世界的全部，几乎都是在与别人的关系中表现出来。这样我便发现外国人在人与人之间关系上与中国大不相同，甚至完全相反。

西方人的独立意识很强，不喜群居。表现在人与人之间就是要先分清楚。两个德国人说合伙请我吃饭，吃完算账时各付一半，零钱数也是各摊一半。我看他们之间表情很自然，这样做理所当然。一次在伦敦，一位陪同我的小姐说，她上午同母亲去办理法律手续，我以为她们母女间有了麻烦。原来她买房子，向母亲借了八万英镑，必须签约。初听以为他们人情过于冷淡，但真若冷淡也不会借八万英镑一笔巨款。他们习惯是界线分明。这情形在美国尤甚，往往儿女到父母家度假也要付费用。

美国住房的墙大多很矮，有的没有围墙，但邻居间绝少串门。朋友间也要先打电话，对方没事，表示欢迎，才能登门。

不能大声叩门，说声："我今儿没事来坐坐。"就闯进来，屁股一沉就是个把小时。美国人还不愿意随便把家中电话告诉别人，除非认准可以联系的关系，使你觉得每个人外边都有一个圈儿，别人很难踏进去。

有次一个美国人问我："你看中国人和美国人的主要区别是什么？"我说："你们与人接触，首先是拉开距离，然后选择，我们是先混在一起，然后区别。我们的麻烦是往往绞成一团，人与人之间关系比较琐碎；你们的麻烦往往是孤独。"这位美国朋友点头称是。我指指桌上的菜说："你们就像你们的菜，这是鸡，这是炸马铃薯条，这是柠檬，全部分开摆，由你选着吃；我们就像我们的菜，都切碎了，拌在一起炒，还嫌粘不到一块儿，再勾上些团粉，这样味儿才出来。"美国朋友听了大笑。

孤独是外国人的大问题，每逢什么组织团体办一个晚会，被邀请的人都是满副精神去，相互认识交谈。寻找知己，毕竟也难。所以常发生有人死在家里，一连多日无人发现。外出旅游时，无可信托之人，又怕遭窃，便拉上窗帘锁好门，佯装在家。与人往来过少，只有常常面对自己，心理的问题就出来了。西方人看心理医生的因此很多。心理问题的极端就是精神病。

中国人好"扎堆儿"。好处是感情联系密切，互相知根知底，坏处是一搞运动就乱套。还有，社会联系更多是依靠人情，这是古来的传统。可惜现在的人情多用于“路子”上。

我从写小说的角度看，西方人与人之间距离大，个体强化，个性极端，给塑造人物形象带来方便。中国人不喜欢“个别”，抑制自我，外表追求相互认同，要写出人物的独特性就得往人心里拼命钻不可。

1987年7月8日

想　象

那天在美国西部凤凰城大街上溜达，远远就见一所临街大房子的屋檐上，吊着一个大破汽油桶。一个人钻在里边似乎修理着什么，两只脚露在外边；一只脚耷拉着，另一只脚向上翻起来，仿佛正在使劲。为什么把汽油桶吊在房檐下，那位老兄钻在里边到底干什么？我跑近一看，原来这是假造的。这大房子是一家汽车修理厂，这东西是厂家的幌子。这幌子想得真妙真绝，一下子就能把人吸引过去。

在西方处处可以见到稀奇古怪的事。可是如果不奇特，怎么能在千奇百怪中把自己突出出来？奇事来自奇想。所以我每见一件奇怪的事，总要琢磨他们在怎么想。比如德国人喜欢在一座楼的墙壁上画一座楼。远看是两座楼前后相叠，走近看实际是一座。它给人一种视觉上错觉的奇趣。一次在汉堡易北河边，钻进一条小巷，忽见前面高楼林立间露出一条宽敞优美的林荫大道。到跟前一看原来是借着一座大楼的立面高墙画出来的。墙上的窗户被借用到所画的楼中。想必是这楼的主人感觉小巷闭塞，以此放开人的视野和压抑感。

我最欣赏多伦多市科学宫设计者的想象力。这座建造在山谷中的博物馆，进门先要乘履带式电梯，辗转几次，才下到谷底。这长长曲折的过程，是为了逐渐加深你心里的神秘感。更有趣的是，这座主要用来向少年儿童进行科学普及教育的博物馆，不是让你去看，而是让你动手去做。比如它要说明滑轮省力的原理，便把六公斤重物拴在绳子一头，然后绕在滑轮上。有的用一个滑轮，也有用两个的，还有用三个的。它叫你自己用手拉拉绳子试一试，滑轮不同，肯定用力不同。不用解释，就明白滑轮应用的原理。其他如声音、力学、光学、重心、平衡、振动、摆、反作用力等，所有原理都靠你亲手来做才能获得。做起来简单，道理却清楚。孩子们是在做游戏时得到这些科学常识的。做一做有趣，也容易记住，连大人也忍不住动手试试。它还使孩子觉得生存天地到处存在科学的规律，因而对科学发生浓厚兴趣。这种教育方法胜过学校的书本教学，又补充了课堂教育。我真佩服博物馆设计者充满创造性的想象。

多伦多艺术博物馆的所有展品，都是人类想象的产物。但博物馆设计者的想象力同样使我赞叹不已。在陈列加拿大古代爱斯基摩人的雕塑作品的长长展室中间，有个半圆形的休息室，光线迷离柔和。从侧面顶部的窗子投进一束光，把一大片优美的树影铺在圆顶和墙壁上。细听，还有小鸟啁啾之声。这氛围深化着人们欣赏艺术时所需的心境。后来我发现，这树影是用幻灯机打在墙上的，鸟叫是放的录音。

那里，处处都可以见到这种非凡想象力的表现。

我想，是想象发展生活，不是生活发展想象。

没有想象，生活就原地踏步。有人对美国人做民意测验，问他们最想干什么，发现许多美国人都说想飞。中国古代人也想飞，因此才有“嫦娥奔月”的传说，才有壁画中“飞天”的形象。

也许当今中国人活得太现实，或者说现实逼人逼得太紧，除去飞行员，很少有人想飞。

想象是大脑的勤奋，实现想象是手的勤奋，然而实现想象，也需要勇气和胆量，不管别人说是道非，要肯于去做。

因为任何想象都充满个性。我在西德的斯欧斯特见到一座很怪的房子。从外边看，房子是倒的，头朝下，里边的一切却是正的。房上挂一块牌子，写有几句话，颇有趣。它说：

“我这是世界上最美丽的房子。过路的一个人也许会说：不，这房子很难看。我说：你为什么不在我盖这座房子之前说呢？现在请你滚吧！因为每个人都是按照自己的想法盖房子。”

我挺钦佩这人的勇气。

只做不想，世界总是老样子。

只想不做，世界也总是老样子。

只有敢想敢做，世界才能愈变愈美好。

1988年2月

睡着的小城

从个人偏爱上说，与欧美那些充满现代文明精神、尽力把重心向未来移动的大城市比较，我更喜欢另一些终日浸在回忆中似的古朴如画的小城。每到一国，就要求主人带我去个小古城看看。比中友好协会主席冯斯说："你的想法不错。"就开车带我到了布鲁日。它在比利时的西北角，再往前车子就要扎进冰冷的多佛尔海峡。

全部是几个世纪以来古色古香千姿百态的建筑，全部是小方砖或石子铺的路，全部是老牌号的店铺和旧格局的饭店旅舍。一座座被时光磨旧的雕像，永远把历史竖在人们眼前；而历史在这里并非死去。无论把目光投在街头巷尾，投在每一个爬满青苔的楼角、锈红的栏杆、幽暗的窗洞，还是走路的老妇人慢吞吞的影子上，会觉得历史在这里停住，变成伦勃朗的画或是巴尔扎克外省生活小说的插图了。

看不见一座现代形式的高楼，看不见一根水泥电线杆，连戳在街头的邮筒也是19世纪的，沉甸甸生铁的，满是浮雕，涂着红漆。听不见麦当娜的歌和威猛乐队的强节奏的现代乐曲，一些十四、十五世纪教堂的钟声散布在纯净得仿佛无尘的空气里，并混着阳光亮晶晶撒向河中。河水绝对也是五百年前留存至今，不信你撩开水面，下面准沉积着旧日公爵、匠人、卖花女和钟表匠的身影。

我们停了车，在那些旧巷中散步。一切保留得那么好，哪怕一盏街灯，一扇木门，上边的牌号数字还是老先的花体字。偶尔从街角拐来一辆旧式马车，一怔，真以为在梦里，细瞧车上坐着的却是游客。没一个游客大声喧哗，他们带着痴醉神情享受着历史文化的魅力。脚步不觉放轻，好似怕把这沉睡的历史敲醒。车上一个穿牛仔裤的姑娘傲慢扬着尖尖的肉感的小下巴，神态宛如侯爵小姐，她是不是进入幻想中某个历史故事的角色了？

由波兰北边波罗的海那边飞来避寒的海鸥尚未归去。和历史的画面相融的只有大自然。这群飞翔的海鸥，还有返青的森林，漂浮在河中的大天鹅，静静的云，都使这精意保留的历史变得一如往昔的生动和可信。

尽管它是比利时出名的旅游城市，但这里的市民却诗情画意地过着自己珍爱的朴素宁静的传统生活。他们在街头支着躺椅，把报纸盖在脸上晒太阳，用缠绕白线的小木梭织着精美绝伦而闻名欧洲的花边，用木桶木棒搅奶酪。饭店里很少点灯，桌上必放一支蜡烛和一盒火柴。客人吃饭时自己擦火柴点着。

是他们拒绝现代文明，还是在现代文明大潮的冲击中，这样才能寻到心理的重心？在游客好奇的目光中他们那么自足自豪。究竟哪一种生存方式更好？是无所不能的电脑加上污染，还是辛勤的劳作加上安宁？

1987年7月16日

名不虚传的大河

我见过不少虚有其名的名人，便不再相信传闻，凡遇名人，必用心察看其实，包括那些传说中的名胜。因为早有俗语，叫作“看景不如听景”。我反而用之，是“听景不如看景”。

泰晤士河名不虚传。没有泰晤士河就没伦敦。它把伦敦照成一双，虽然一个是正的，另一个是倒过来的。当上边一个喧闹不已，下边这个落入河中的影像却温柔、安逸、悄然无声；当上边一个过于安静，映入河心的壮丽的市容给波光浪影摇晃出一片快乐生动的表情。它调节着这城市的情绪，也调剂着伦敦人的心理。每每人们被大城市生活压抑得心绪沉闷烦乱，在这诗情画意的河边走一走，心情悠然松弛。20世纪60年代工业发达时，沿河许多工厂把污水排入河内，伦敦在河中照出的面孔好脏，惹得人们大叫：“伦敦要死了。”这些年工厂叫人们赶到远处。如今河边废弃的工厂像战后的残墟。我一到伦敦，伦敦人就对我说：“你很幸运，泰晤士河可以看见鱼了。”可见这条河在人们心理生活中的分量。凡事进入人的心间才算真正占有。口头承认常常带假，老百姓向来是以真对真，以假应假。

莱茵河也名不虚传。德国人很会修铁路，从法兰克福，途经波恩、科隆、杜塞尔多夫，直到杜伊斯堡，一路与莱茵河平行。德国的火车车窗很大，河水就从车窗上流过。车窗是个不断移动不断变换内容的画框，换的全是莱茵河上一幅连接一幅幽暗深远的画面。这条宽展在平原上的河流很少遇阻而翻腾，水纹比一般河流长。在人生的长河里，每人都画上这样一条又深又长的沟纹多好。我最喜欢两岸时而突兀的山峰和峰巅上古堡似的尖顶房屋。当山峰把太阳遮挡，河面一片幽蓝时，这些山上的古堡好似被夕阳烧着，金亮通红。忽然我找到了海涅《罗累莱》中的句子：“天色晚，空气清冷，莱茵河水静静地流，那落日的光辉，照耀着山头。”诗里能找到的现实才是真正的诗。

初见密西西比河却使我失望，那次是与参加爱荷华国际写作计划的许多国家的作家，一同去达文波特附近乘游轮游览这号称世界第四的大河。这平淡无奇又无特色的模样，使我来之前预想一碰到它就要豪情激涌那股傻气一扫而光。我真的想，美国人大概没见过黄山黄河，才把这呆板的景物当国宝。

可是在伊利诺斯州的汉尼堡再次看到它时就强烈地震惊了。那次是在一座山上，从它来自天边一端，直看到它奔往天边另一端。那气势，好似从地球的胸腔一冲而过，即使用再恢宏的想象也难于包容它的气概。

我这才明白马克·吐温为什么为它写了一部洋洋巨著。

冬天里我去明尼苏达阿波利斯演讲，正值大雪，乘车在山道上跑，忽听谷底轰鸣。美国朋友说，这里正是密西西比河的源头，停车出来下望，黑森森丛林下，一片雪雾，看不见波光闪耀，唯有雷声隐隐似的洪流喧响。

源头即有此声势，大河之名绝非虚传。

如果天下名人皆如此，人类的知识就可靠得多了。

1987年8月1日

小动物

人类最早和所有动物混在一起生活，一同享受着大自然的赐予：阳光、风、水和果子。当然也互相残害为食。动物间相互为食者，称作天敌，比如猫与鼠。人类就曾以捕杀动物为主。但人类自从脱离茹毛饮血进入文明阶段，与动物的关系发生了变化。许许多多曾受人类伤害的动物，进入了诗、画与童话，成为亲切可爱的形象，构成和谐美好的生存境界，抚慰人的心灵。

使我惊讶的是，在海外，这些小动物不用到郊外的风景区寻找，大城市中心也常常见到它们。阿姆斯特丹最繁华的沿河街道上空盘旋着雪白的海鸥，我曾用照相机摄下一个镜头——一个金发女郎骑车到桥头，忽然停下来打背包掏出一把碎面包，一扬手，就有许多海鸥“扑喇喇”疾降下来，争啄她手心的面包渣。她好高兴，好像在体味着这些海鸥与她亲昵的情感。手里的面包渣没了，再向包里掏，直把包儿掏空，便和海鸥们摆摆手，骑车走了。

在伦敦、旧金山、布鲁塞尔、芝加哥那些高楼林立间的绿地，只要你拿些米一扬手，就有鸽子飞来，还有许多机灵的麻雀和各色小鸟混夹其间。它们都不怕人，有时会在你胳膊上站成一排，甚至踩在你的头顶、肩头或耳朵。这原因很简单：没人捉它们，吃它们，在西方没有“炸铁雀”下酒。你不曾伤害它，它对你便无警惕。害怕都是由于损害所致。无论是人与动物，还是人与人。

这些生活在城市中的小动物，我最喜欢的是松鼠。在北美一些小城市街上走时，它们时常会从道边浓绿的树丛中钻出来，轻灵地拧动着身子，用略带惊讶的神气瞧你。直立起来时两只前爪拱在胸前，像作揖，跑起来背部向上一拱，把尾巴高高一撅，看上去好似毛茸茸流动的小波浪。一次我躺在爱荷华河边长椅子上晒太阳，睡着了，忽然觉得有人拨弄我头发，醒来一看是两只小松鼠。我口袋里正好有些花生，喂它们。它们吃东西时嘴巴扭动得很可爱。我把花生一抛，它们竟去追。我离开时，它们居然边跑边停跟了我一段路，好似送我一程。

孩子们最爱和小松鼠玩，时常可以看到小孩子们把自己的糖棒送给小松鼠吃。那次在安大略游乐场的大戏篷里看加拿大皇家芭蕾舞团演出《睡美人》时，忽然有几只松鼠在顶篷粗电线上跑来跑去追着玩。剧场里所有孩子都看松鼠，引得大人们也看。最后演员也不得不抬头看看究竟什么角色夺了他们的戏。

小松鼠机灵却冒失，有时蹿到公路上，汽车车速很快，行车时来不及刹车，就被轧死。但后面的车看见前头一只被轧死的松鼠，都错过车轱辘，不忍再轧。看到这情景会为小动物的不幸感到痛惜，同时被人们的善良所感动。

西方保护动物的组织很多。在伦敦我参观过一个“保护弃猫委员会”。谁家不愿养的猫，可以送给这组织去养。杀害动物会受这些组织的控告。人类爱护动物究竟会使自己得到什么益处？爱，首先使人们自己善良。

美国电影《人豹》中有句话：“动物成为人之前，相互残杀。”反过来说，文明的标志是避免相互伤害。

1988年2月

如梦的瓦豪

从奥地利归来，我问妻子同昭：“你说奥地利哪个地方最美？你别想，马上回答。”

“瓦豪！”她立即叫道，像抢答。急切的口气中有种难耐的冲动，睁大的眼睛似乎询问我是否同意。

我笑而不答。还用说吗？世界还有哪个地方比瓦豪更美、更像画、更诗意、更迷人？

要想得到瓦豪的精髓，必须把车子开出维也纳，向西直到奥洲的马尔克，然后掉转车头再往回开，便一头扎进这个名叫瓦豪、延绵四十公里、优美出奇的多瑙河峡谷了。

我不想为你描写它，只想叫你去感受它。

试想想，你驱车纵入这图画般的峡谷，公路平滑如镜，行车极畅，简直像在贴地飞行。你右侧是绿茵草地，野花烂漫，一片鲜黄，一片艳红，一片耀眼的紫夹白，不停地变换颜色，缤纷地扫过你的眼帘。隔过这彩色地带便是多瑙河。你看那河水真的那么蓝，比天空的颜色还深还纯，而且光亮、充沛、溢满，仿佛与公路在同一水平线上。这时，倘若你车头一转，穿过花地，保准会化为多瑙河上一只凌波弄浪的轻舟……当然，你仍然驱车前行，河对岸与你左侧都是浓林覆盖的群山。大大小小，红白尖顶的精巧小楼散落其间，它们是在这儿享受风光还是点缀风光?

点缀风光的是它们，享受风光的是你。

山巅极处，不时出现一座黑黝黝废弃的古堡，你是不是想起了中世纪骑士时代那些瑰丽神奇的传说？当你仰望群山，更觉得人在峡谷中穿行，还像在长长的无与伦比的巨型画卷中穿行。你也许会叫起来：我要是一位画家多好啊！可这时你打开录音机——你的奥地利朋友为你准备了施特劳斯关于多瑙河的音乐。你忽然觉得眼前画面全变成了音乐中的景象。这一切不属于绘画，只属于音乐。那《蓝色的多瑙河》并不是施特劳斯创作的，多瑙河原本就是这种拍节、这种旋律、这种美。你现在不是在那乐曲的五线谱上飞驰吗……

一路上，各种小村小镇一晃而过。它古朴幽雅，小巧玲珑，千姿百态，招你喜欢。但你不要停留，自管向前，一直到达多瑙河的转弯处，那个依山傍水的古镇杜尔斯坦因才是你必须驻足、慢慢流连的。

你从低矮的古城门洞钻进去，就像钻进了遥远的历史，纵横几条小街，弯弯曲曲，忽高忽低，白色或褐色的老屋意趣盎然，所有东西看上去朴拙而笨重，这景象多像古代的木版插图！如果你怀古情思浓重，更能得到极大的满足。这镇上的居民依然像他们数百年前的祖先那样生活。他们用干花或干果装饰临街的门窗，爱穿民族服装，依旧使用传统手法和燃料烤制面包，喝那种五百年前瓦豪人就引以为自豪的家乡葡萄酒。而你在街上绝看不到霓虹灯、广告、电视天线，听不到现代音乐，一切都和谐、洁净、鲜亮、古朴与安宁，每个街角都可以摄入镜头。他们深知自己的财富是山光水色与历史文化，他们写在房子上的建造年代令你惊讶，因为早在1972年他们就庆祝过这个古镇一千年的历史……现实可以不断创新，历史却无法重复。但杜尔斯坦因人告诉你，历史是可以保留住的，只要你珍惜它。

珍惜才是最极致的爱。于是，你相信，它由来如此，永远也如此。

杜尔斯坦因有两处出名的胜地，一处是普法尔教堂，它建造于1725年，被称作“奥地利巴洛克建筑艺术的明珠”。这座伫立在多瑙河岸边峭壁上的淡蓝色的教堂，在阳光明媚时，金碧辉煌，无上华美，大概只有皇宫可比。另一处则是后山极顶上一座骑士堡的废墟，你仰望它，高耸险峻，那些断壁残垣依然显示着当年不可一世的雄风。一定有人告诉你，攀上古堡，可以看到多瑙河纵贯峡谷的全貌，满山遍野葡萄梯田的美景及对岸高特维格修道院远远的丽姿秀容，但我劝你还是多在这古雅的小镇里漫步细游，赏看每一盏街灯、每一道花栏、每一处残留在墙上的壁画；倘若一个镇上的姑娘回家，从怀里掏出一个老式的特大钥匙，插进那大木门黑黑的钥匙孔中，“哗啦哗啦”转动几下一推，你赶紧伸头看去，天呀，多美！这里家家都像一个古老的乡村生活的博物馆啊……

一只白鹳站在它筑的屋顶的大巢上四处观望；老妇人在那种剧场包厢似的晾台上，使藤杆打松晒暖的被子，徐徐的风还把她插在窗框上、用彩纸折制的风车吹得轻轻旋转；几个汉子喝足了葡萄酒，伏案睡着了，一群麻雀在他们的脸旁跳来跳去，争食案上的面包碎屑，还有一只麻雀站在酒瓶口，努力想把脑袋伸进酒瓶，它也想一醉方休？

倘若你离去时，天已黄昏，小街上阴影重重，空气却清澄透明，带着河水的蓝色与森林的气息。一盏盏灯、一面面窗子亮起来，金黄耀目，更添宁静。你说你愿意离去吗？

同昭说，我童年就梦想到这样一个地方，它和我梦想的完全一样。

如梦之地，必然是人间最美的地方了。

1993 年 9 月 11 日

维也纳春天的三个画面

你一听到青春少女这几个字，是不是立刻想到纯洁、美丽、天真和朝气？如果是这样你就错了！你对青春的印象只是一种未做深入体验的大略的概念而已。青春，它是包含着不同阶段的异常丰富的生命过程。一个女孩子的十四岁、十六岁、十八岁——无论她外在的给人的感觉，还是内在的自我感觉，都绝不相同。就像春天，它的三月、四月和五月是完全不同的三个画面。你能从自己对春天的记忆里找出这三个画面吗？

我有这三个画面。它不是来自我的故乡故土，而是在遥远的维也纳三次旅行中的画面定格，它们可绝非一般！在这个用音乐来召唤和描述春天的城市里，春天来得特别充分、特别细致、特别蓬勃，甚至特别震撼。我先说五月，再说三月，最后说四月，它们各有一次叫我的心灵感到过震动，并留下一个永远具有震撼力的画面。

五月的维也纳，到处花团锦簇，春意正浓。我到城市远郊的山顶上游玩，当晚被山上热情的朋友留下，住在一间简朴的乡村木屋里，窗子也是厚厚的木板。睡觉前我故意不关严窗子，好闻到外边森林的气味，这样一整夜就像睡在大森林里。转天醒来时，屋内竟大亮，谁打开的窗子？正诧异着，忽见窗前一束艳红艳红的玫瑰。谁放在那里的？走过去一看，呀，我怔住了，原来夜间窗外新生的一枝缀满花朵的红玫瑰，趁我熟睡时，一点点将窗子顶开，伸进屋来！它沾满露水，喷溢浓香，光彩照人；它怕吵醒我，竟然悄无声息地又如此辉煌地进来了！你说，世界上还有哪一个春天的画面更能如此震动人心？

那么，三月的维也纳呢？

这季节的维也纳一片空蒙。阳光还没有除净残雪，绿色显得分外吝啬。我在多瑙河边散步，从河口那边吹来的凉滋滋的风，偶尔会感到一点春的气息。此时的季节，就凭着这些许的春的泄露，给人以无限期望。我无意中扭头一瞥，看见了一个无论多么富于想象力的人也难以想象得出的画面——

几个姑娘站在岸边，她们正在一齐向着河口那边伸长脖颈，眯缝着眼，撅着芬芳的小嘴，亲吻着从河面上吹来的捎来春天的风！她们做得那么投入、倾心、陶醉、神圣，风把她们的头发、围巾和长长衣裙吹向斜后方，波浪似的飘动着。远看就像一件伟大的雕塑。这简直就是那些为人们带来春天的仙女们啊！谁能想到用心灵的吻去迎接春天？你说，还有哪个春天的画面，比这更迷人、更诗意、更浪漫、更震撼？

我心中的画廊里，已经挂着维也纳三月和五月两幅春天的图画。这次恰好在四月里再访维也纳，我暗下决心，无论如何也要找到属于四月这季节的同样强烈动人的春天杰作。

开头几天，四月的维也纳真令我失望。此时的春天似乎只是绿色连着绿色。大片大片的草地上，没有五月那无所不在的明媚的小花。没有花的绿地是寂寞的。我对驾着车一同外出的留学生小吕说：

“四月的维也纳可真乏味！绿色到处泛滥，见不到花儿，下次再来非躲开四月不可！”

小吕听了，就把车子停住，叫我下车，把我领到路边一片非常开阔的草地上，然后让我蹲下来扒开草好好看看。我用手拨开草一看，大吃一惊：原来青草下边藏了满满一层花儿，白的、黄的、紫的，纯洁、娇小、鲜亮，这么多、这么密、这么辽阔！它们比青草只矮几厘米，躲在草下边，好像只要一努劲，就会齐刷刷地全冒出来……

“得要多少天才能冒出来？”我问。

“也许过几天，也许就在明天。”小吕笑道，“四月的维也纳可说不准，一天换一个样儿。”

可是，当夜冷风冷雨，接连几天时下时停，太阳一直没露面儿。我很快就要离开这里去意大利了，便对小吕说：

“这次看不到草地上那些花儿了，真有点遗憾呢，我想它们刚冒出来时肯定很壮观。”

小吕驾着车没说话，大概也有些怏怏然吧。外边毛毛雨点把车窗遮得像拉了一道纱帘。可车子开出去十几分钟，小吕忽对我说："你看窗外——"隔过雨窗，看不清外边，但窗外的颜色明显地变了：白色、黄色、紫色，在窗上流动。小吕停了车，手伸过来，一推我这边的车门，未等我弄明白是怎么回事，便说：

"去看吧——你的花！"

迎着细密地、凉凉地吹在我脸上的雨点，我看到的竟是一片花的原野。这正是前几天那片千千万万朵花儿藏身的草地，此刻一下子全冒出来，顿时改天换地，整个世界铺满全新的色彩。虽然远处大片大片的花已经与蒙蒙细雨融在一起，低头却能清晰看到每一朵小花，在冷雨中都像英雄那样傲然挺立，明亮夺目，神气十足。我惊奇地想：它们为什么不是在温暖的阳光下冒出来，偏偏在冷风冷雨中拔地而起？小小的花居然有此气魄！四月的维也纳忽然叫我明白了生命的意味是什么？是——勇气！

这两个普通又非凡的字眼，又一次叫我怦然感到心头一震。这一震，便使眼前的景象定格，成为四月春天独有的壮丽的图画，并终于被我找到了。

拥有了这三幅画面，我自信拥有了春天，也懂得了春天。

1995年6月　天津

巴黎的天空

大自然派到巴黎的捣蛋鬼是雨。尤其进入了秋天。如果出门时天晴日朗，为了贪图轻便而不带雨伞，那一准就会叫雨儿捉弄了。巴黎的雨是捉摸不定的。有时一天你能赶上五六次雨。有时街对面一片阳光，街这边却雨儿正紧。有时你像被谁在楼上窗口浇花时不小心将一片水点洒在背上，抬头一看原来是雨，一小块巴掌大小的云带来的最小的、最短暂的、唯巴黎才有的“阵雨”。巴黎很少大雨瓢泼，很少江河倒灌，也很少阴雨连绵。它的雨，更像是一种玩笑，一种调皮，一种心血来潮。

它不过是一阵阵地将花儿浇鲜浇艳，叫树木散出混着雨味的青叶的气息，把大街上跑来跑去的汽车小小地冲洗一下。再逼迫人们把随身携带的各种颜色和各种图案的雨伞圆圆地撑开。城市的景观为之一变。这雨原来又是一种情调。

然而，雨儿停住，收了伞，举首看看云彩走了没有。这时，有悟性的人一定会发现，巴黎一幅最大的图画在天空。

这图画的画面湛蓝湛蓝，白云和乌云是两种基本颜料。画家是风，它信马由缰地在天上涂抹。所以，擅长描绘天空的法国画家欧仁·布丹的一幅画，题目是《10月8日·中午·西北风》。

巴黎的白云和乌云来自大西洋。大海的风从西边把这些云彩携来，随心所欲地布满天空。风的性情瞬间万变，忽刚忽柔，忽缓忽疾，天上的云便是它变幻无穷的图像。大自然的景观一半是静的，一半是动的。宁静的是大地，永动的是天空。当十九世纪后半期，法国画家们的工作从画室搬到田野后，天空便给画家以浩瀚和无穷的想象。在大西洋沿岸那座著名的古城翁弗勒尔，我参观前边所说的那位名叫布丹的美术馆时，看到了他大量的描绘天空的速写。在大自然中，只有天空纯属自然，最富于灵性。于是，大自然的本质被他表现出来了，这便是生命的创造和创造生命。在布丹之前，谁能证明天空是一个巨大的创造力无穷的生命？一个被布丹称作“美丽的、透明的、充满大气”的生命？所以，库尔贝、波德莱尔都对这位画友画天空的才华推崇备至。巴比松画家柯罗甚至称他为“天空之王”。

在荷兰的阿姆斯特丹，我去看凡·高美术馆，研究他从荷兰到法国前后画风的变化。我发现他最初到巴黎开始他的艺术生涯时期的一幅作品，便是用一大半篇幅去表现动荡而激情的云天。任何艺术家都会首先注意不同的事物。“不同”往往正是事物的本质。那么巴黎奇异的天空自然会吸引住这位敏感的艺术家的心灵。而且这种吸引力一直抵达凡·高一生的终结处——巴黎郊外的奥维尔。看看凡·高在奥维尔画的最后一批作品，天空被他表现得更富于动感、更深入、更动人，并成为他不安的内心的征象。

可是，我想，为什么我们中国人的绘画从来不画天空，不画光线？即使画云，也是山间的云雾，或是为了陪衬天上的神仙与飞行的龙，从来不画天空上的云。清代末期上海画家吴石仙擅长画雨景，但他不画乌云，他只是用水墨把天空平涂一片深灰色，来表示阴云密布。也许中国文人的山水画，多为书斋内的精神制品——不是自然的风景，而是主观或内心的山水意境。即使是“师造化”的石涛，也只是“搜尽奇峰打草稿”而已。故此，中国的山水多为“季节性”，缺乏“时间性”。不管现代山水画如何发展，至今没有一个中国画家画天上的云彩。难道天空在中国画中永远是一块“空白”？

现在我们回到巴黎中来——

天空莫测的风云，不仅给巴黎带来多变的阴晴，还演变出晦明不已的光线。雨儿忽来忽去，阳光忽明忽灭。在巴黎，面对一座美丽和典雅的建筑举起相机，不时会有乌云飞来，遮暗了景色，拍照不成；可是如果有耐心，等不多时，太阳从云彩的缝隙中一露头，景色反而会加倍地灿烂夺目！

阳光与云彩的配合，常常使这座城市现出奇迹。

我闲时便从居住的那条小街走出来，在塞纳河边走一走，看看丰沛而湍急的河水、行人、船只，以及两岸的风光。尽管那些古老的建筑永远是老样子，但在不同的光线里，画面会时时变得大大不同。一次，由于天上一块巨大的云彩的移动，我看到了一个奇观。先是整条塞纳河被阴影覆盖，然后远处——亚历山大三世桥那边云彩挪开了，阳光射下去，河里的水与桥上镀金的雕像闪耀出夺目的光芒。跟着，随着云彩往我这边移动，阳光一路照射过来。云行的速度真不慢，眼看着塞纳河上的一座座桥亮了起来，河水由远到近地亮起来，同时两岸的建筑也一座座放出光彩。这感觉好像天空有一盏巨大无比的灯由西向东移动。当阳光照在我的肩头和手臂上，整条塞纳河已经像一条宽阔的金灿灿的带子了。然后，云彩与阳光越过我的头顶，向东而去。最后乌云堆积在河的东端。从云端射下的一道强烈的光正好投照在巴黎圣母院上。在接近黑色的峥嵘的云天的映衬下，古老的圣母院显得极白，白得异样与圣洁。

不知为什么，在这一瞬，竟然唤起我对圣母院一种极强烈的历史感受。我甚至感觉加西莫多、爱斯梅拉达和克罗德现在就在圣母院里。

可是就在我发痴发呆的时候，眼前的景象忽变，云彩重新遮住太阳。一盏巨灯灭了。圣母院顿时变得一片昏暗，好似蒙上重重的历史的迷雾。忽然，我觉得几个挺凉的水滴落在我的手背上，我抬起头来，一块半圆形的雨云正在我头顶的上空徘徊。

2001年5月4日

古希腊的石头

每到一个新地方，首先要去当地的博物馆。只要在那里边待上半天或一天，很快就会与这个地方“神交”上了。故此，在到达雅典的第二天一早，我便一头扎进举世闻名的希腊国家考古博物馆。

我在那些欧洲史上最伟大的雕像中间走来走去，只觉得我的眼睛——被那个比传说还神奇的英雄时代所特有的光芒照得发亮。同时，我还发现所有雕像的眼睛都睁得很大，眉清目朗，比我的眼睛更亮！我们好像互相瞪着眼，彼此相望。尤其是来自克里特岛那些壁画上人物的眼睛，简直像打开的灯！直叫我看得神采焕发！在艺术史上，阳刚时代艺术中人物的眼睛，总是炯炯有神；阴暗时期艺术中人物的眼睛，多半暧昧不明。当然，“文化大革命”美术除外，因为那个极度亢奋时代的人们全都注射了一种病态的政治激素。

我承认，希腊人的文化很对我的胃口。我喜欢他们这些刻在石头上的历史与艺术。由于石头上的文化保留得最久，所以无论是希腊人，还是埃及人、玛雅人、巴比伦人以及我们中国人，在初始时期，都把文化刻在坚硬的石头上。这些深深刻进石头里的文字与图像，顽强又坚韧地表达着人类对生命永恒的追求，以及把自己的一切传之后世的渴望。

然而，永恒是达不到的。永恒只是很长很长的时间而已。古希腊人已经在这时间旅程中走了三四千年。证实这三四千年的仍然是这些文化的石头。可是如今我们看到了，石头并非坚不可摧。世界上没有任何东西可以把人带到永远。在岁月的翻滚中，古希腊人的石头已经满是裂痕与缺口，有的只剩下一些残块和断片。

在博物馆的一个展厅，我看到一截石雕的男子的左臂。虽然只是这么一段残臂，却依然紧握拳头，昂然地向上弯曲着，皮肤下面的血管鼓胀，脉搏在这石臂中有力地跳动。我们无法看见这手臂连接着的雄伟的身躯，但完全可以想见这位男子英雄般的形象。一件古物背后是一片广阔的历史风景。历史并不因为它的残缺而缺少什么。残缺，却表现着它的经历，它的命运，它的年龄，还有一种岁月感。岁月感就是时间感。当事物在无形的时间历史中穿过，它便被一点点地消损与改造，并因而变得古旧、龟裂、剥落与含混，同时也就沉静、苍劲、深厚、斑驳和朦胧起来。

于是一种美出现了。

这便是古物的历史美。历史美是时间创造的。所以它又是一种时间美。我们通常是看不见时间的。但如果你留意，便会发现时间原来就停留在所有古老的事物上。比如那深幽的树洞，凹陷的老街，泛黄的旧书，磨光的椅子，手背上布满的沟样的皱纹，还有晶莹而飘逸的银发……它们不是全都带着岁月和时间深情的美感吗？

这也是一种文化美。因为古老的文化都具有悠远的时间的意味。

时间在每一件古物的体内全留下了美丽的生命的年轮，不信你掰开看一看！

凡是懂得这一层美感的，就绝不会去将古物翻新，甚至做更愚蠢的事——复原。

站在雅典卫城上，我发现对面远远的一座绿色的小山顶上，爽眼地竖立着一座白色的石碑。碑上隐隐约约坐着一两尊雕像。我用力盯着看，竟然很像是佛像！我一直对古希腊与东方之间雕塑史上那段奇缘抱有兴趣。便兴冲冲走下卫城，跟着爬上了对面那座名叫阿雷奥斯·帕果斯的草木葱茏的小山。

山顶的石碑是一座高大的雕着神像的纪念碑。由于历时久远，一半已然缺失。石碑上层的三尊神像，只剩下两尊，都已经失去了头颅，可是他们依然气宇轩昂地坐在深凹的洞窟里。这时，使我惊讶的是，它竟比我刚才在几公里之外看到的更像是两尊佛像。无论是它的窟形，还是从座椅垂落下来的衣裙，乃至雕刻的衣纹，都与敦煌和云岗中那些北魏与西魏的佛像酷似！如果我们将两个佛头安装上去，也会十分和谐的！于是，它叫我神驰万里，一下子感到世纪前丝绸之路上那段早已逝去的令人神往的历史——从亚历山大东征到希腊人在犍陀罗为原本没有偶像崇拜的印度人雕刻佛像，再到佛教东渐与中国化的历史——陡然地掉转过头，五彩缤纷地扑面而来。

原来时间隧道就在希腊人的石头中间！在这隧道里，我似乎已经触摸到消失了数千年的那一段时光了。这时光的触觉，光滑、柔软、流动，还有一些神秘的凹凸的历史轮廓。我静静坐在山顶一块山石上，默默享受着这种奇异和美妙的感受，直到夕阳把整个石碑染得金红，仿佛一块烧透了的熔岩。

由此，我找到了逼真地进入希腊历史的秘密。

我便到处去寻访古老的文化的石头，从那一片片石头的遗址中找到时光隧道的入口，钻进去。

然而，我发现希腊到处是这种石头。希腊人说他们最得意的三样东西就是：阳光、海水和石头。从德尔菲的太阳神庙到苏纽的海神庙，从埃皮达洛夫洛斯的露天剧场到迈锡尼的损毁的城堡，它们简直全是巨大的石头的世界。可是这些石头早已经老了。它们残缺和发黑，成片地散布在宽展的山坡或起伏的丘陵上。数千年前，它们曾是堆满财富的王城、谛听神谕的圣坛或人间英雄们竞技的场所。但历史总是喜新厌旧的。被时光筛子筛下来只有这些破碎的房宇，残垣败壁，断碑，兀自竖立的石柱，东一个西一个的柱头或柱础。

尽管无情的历史遗弃它，有心的希腊人却无比珍惜它。他们保护这些遗址的方式在我们看来十分奇特。他们绝不去动一动历史遁去之后的“现场”。一棵石柱在一千年前倒在哪里，今天绝不去把它扶立起来。因为这是历史的本来面目。尊重历史就是不更改历史。当然他们又不是对这些先人的创造不理不管。常常会有一些“文物医生”拿着针管来，为一些正在开裂的石头注射加固剂，或者定期清洗现代工业造成的酸雨给这些石头带来的污迹。他们做得小心翼翼。好像这些石头在他们手中依然是活着的需要呵护的生命。

他们使我们认识到，每一块看似冰冷的古老的石头，其实并没有死亡，它们犹然带着昔时的气息。它们各自不同的形态都是历史的表情，石头上的残痕则是它们命运的印记与年龄的刻度。认识到这些，便会感到我们已身在历史中间。如果你从中发现到一个非同寻常的细节，那就极有可能是神奇的时间隧道的洞口了。

迈锡尼遗址给人的感受真是一种震撼。这座三千多年前用巨石砌成的城堡，如今已是坍塌在山野上的一片废墟。被时光磨砺得分外粗糙的巨大的石块与齐腰的荒草混在一起。然而，正是这种历史的原生态，才确切地保留着它最后毁灭于战火时惊人的景象。如果细心察看，仍然可以从中清晰地找到古堡的布局、不同功能的房舍与纵横的甬道。1876 年德国天才的考古学家谢里曼就是从这里找到了一个时光隧道的入口，从隧道里搬出了伟大的荷马说过的那些黄金财宝和精美绝伦的“迈锡尼文化”——他实际是活灵活现地搬出来古希腊一段早已泯灭了的历史。谢里曼说，在发掘出这些震惊世界的迈锡尼宝藏的当夜，他在这荒凉的遗址上点起篝火。他说这是2244年以来的第一次火光。这使他想起当年阿伽门农王夜里回到迈锡尼时，王后克莉登奈斯特拉和她的情夫伊吉吐斯战战兢兢看到的火光。这跳动的火光照亮了一对狂恋中的情人眼睛里的惊恐与杀机。

今天，入夜后如果我们在遗址点上篝火，一样可以看到古希腊这惊人的一幕；我们的想象还会进入那场以情杀为背景的毁灭性的内战中去。因为，迈锡尼遗址一切都是原封不动的。时光隧道还在那些石头中间。于是我想，如果把迈锡尼交给我们——我们是不是要把迈锡尼散乱的石头好好“整顿”一番，摆放得整整齐齐；再将倾毁的城墙重新砌起来；甚至突发奇想，像大声呼喊着“修复圆明园”一样，把迈锡尼复原一新。如若这样，历史的魂灵就会一下子逃离而去。

珍视历史就是保护它的原貌与原状。这是希腊人给我们的启示。

那一天，天气分外好。我们驱车去苏纽的海神庙。车子开出雅典，一路沿着爱琴海，跑了三个小时。右边的车窗上始终是一片纯蓝，像是电视屏幕的蓝卡。

海神庙真像在天涯海角。它高踞在一块伸向海里的险峻的断崖上。看似三面环海，视野非常开阔。这视野就是海神的视野。而希腊的海神波塞冬就同中国人的海神妈祖一样，护佑着渔舟与商船的平安。但不同的是，波塞冬还有一个使命是要庇护战船。因为波斯人与希腊人在海上的争雄，一直贯穿着这个英雄国度的全部历史。

可是，这座世纪前的古庙，现今只有石头的庙基和两三排光秃秃的多里克石柱了。石柱上深深的沟槽快要被时光磨平。还有一些断柱和建筑构件的碎块，分散在这崖顶的平台上，依旧是没人把它们“规范”起来。没有一个希腊人敢于胆大包天地修改历史。这些质地较软的大理石残件，经受着两千多年的阵阵海风吹来吹去，正在一点点变短变小，有几块竟然差不多要湮没在地面中了；一些石头表面还像流质一样起伏。这是海风在上边不停地翻卷的结果。可就是这样一种景象，使得分外强烈的历史感一下子把我包围起来。

纯蓝的爱琴海浩无际涯，海上没有一只船，天上没有鹰鸟，也没有飞机。无风的世界了无声息。只有明媚的阳光照耀着古希腊这些苍老而洁白的石头。天地间，也只有这些石头能够解释此地非凡的过去。甚至叫我们想起爱琴海的名字来源于爱琴王——那个悲痛欲绝的故事。爱琴王没有等到出征的王子乘着白色的帆船回来，他绝望地跳进了大海。这大海是不是在那一瞬变成这样深浓而清冷的蓝色？爱琴王如今还在海底吗？他到底身在哪里？在远处那一片闪着波光的“酒绿色的海心”吗?

等我走下断崖时，忽然发现一间专门为游客服务的商店。它故意盖在侧下方的隐蔽处。在海神庙所在的崖顶的任何地方，都是绝对看不见这家商店的。当然，这是希腊人刻意做的。他们绝对不让我们的视野受到任何现代事物的干扰，为此，历史的空间受到了绝对与纯正的保护!

我由衷地钦佩希腊人!

希腊人告诉我们，保护古代文明遗产，需要的是对历史的深刻理解与崇拜，科学的方法，优雅的美感和高尚的文化品位。因为历史文明是一种很高的意境。

创造古希腊的是历史文明，珍惜古希腊的是现代文明。而懂得怎样珍惜它，才是一种很高层次的文明。

2001年4月11日　天津

说美国人

美国人

在印第安纳州的伯明顿小城，我去拜访当地一位很有名望的篮球教练。他办公室设在体育馆内。进门就见一大堆漂亮的奖杯和花花绿绿的队旗，中间挂块牌子，写着这教练的一句话：

“我的客人脸上总是带着笑，无论是进来的，还是出去的。”

未见其人，先知其性格。表现个性是美国人最快乐的事，喜怒哀乐形于色，他们没有人生在世要如何做人的观念。自己为人处世无须由别人承认，也不追求与别人一致，我就是我，因此一个美国人一个样。

我夏天里遇到过一位美国教授，他穿一件衬衫，上衣的第二个扣儿敞着，露出胸脯粗糙的皮肤，衬衣口袋插着十几支笔，好像笔筒。他给我留地址时，先抽出支圆珠笔写几个字，似乎觉得不舒服，又换另一支笔。写这几行字之间就换了三支笔。冬天里我又见到他。他穿件皮夹克，拉链拉了一半，里边的衣服还是没扣扣儿，露在外边的皮肤给冷风吹得通红，皮衣胸前的口袋依旧老样子——插着十多支笔。他说他搬了家，又写地址，几行字又是换了几次笔。他并不觉得自己怪。他说换笔可以提兴致。我想我写东西时也有这种感觉，但我不会这么做。因为他是美国人。

中国人对人的赞扬是“老实”。一个美国人对我说，他不懂“老实”的实质指什么，是守本分，不欺诈，还是顺从听话。他往往听中国人介绍张三“人很老实”，又介绍李四“不错，挺老实”，可是相处一段时间，发现张三和李四完全不同，弄糊涂了。他说，老实好像一块布，把人遮起来。又说，他们对人的最高评价是“坦率”，不管你的想法怎么样，肯都说出来就好。

他们做事谈报酬时从不客气。价钱讲在明处，很少当面不好意思讲，背后抱怨不合算。相互之间要分得一清二楚，承担责任要摆在前边，所尽义务全由自愿。你跟他们谈这种事时也要直截了当，他们不会因此轻看你，因为这对他们理所当然。

每个人各做各的事，很少相互比较。我的一位搞汉学的美国朋友每月收入八百美元，很低，远不如搞别的收入高。但他过得非常快活，因为他做自己愿意做的事。美国人不习惯与别人比较。你富，是你的事，与我无关；可是往往街上遇到一个乞丐，你问美国朋友，他多半会说，谁知道，也许他高兴这么做。谁也不关心别人。当然他们相信这世上确有许多穷苦无助的人，他们会把自己多余的日用品送到教堂，任穷人去取。但那些人是谁，他们也不问。美国虽然开放，由于他们过分自我，对与自己无关的事情了解并不多。我与一个美国搞电脑的青年人聊天时发现，他还不知道中美早已建交。中国在美国知名度最高的却是熊猫，远不如中国青年对美国了解得更多。

1987年7月19日

中国的雪绒花在哪里？

几个月前，在奥地利阿尔卑斯山的山村访问。当山民把两三枝雪绒花赠给我时，我被这种毛茸茸雪白的小花奇异的美惊呆了。那首无人不知的电影歌曲《雪绒花》油然在心中响起。山民告诉我，这种花只有在两千米以上的寒冷的高山上才有。倘若幸运地遇到它，便会采下几朵，晾干后插在小瓶里。人们不仅欣赏它奇特的美，更敬佩它不惧严寒的品格。偶有贵客来访，便会作为珍贵的礼物赠送来客。

这位山民问我："中国有雪绒花吗？"

我的回答很含糊："好像也有。"这因为，我不知道我们的雪绒花在哪里。

可是没想到今年雪绒花和我竟这样有缘——

这几天，我在河北蔚县参加全国民间剪纸的抢救工作会议。燕赵之地的人真是朴实又慷慨，恨不得把他们家里的宝贝全塞在你的怀里才心满意足。会议结束了，还非要拉着我去看看他们的"空中草原"。

“空中草原”？这名字可是新奇又诱惑。这是个什么地方呢？

主人笑而不答。车子离开蔚县，穿过驰名全国的剪纸村南张庄，很快就进入了飞狐古道。这条在历史上连接着华北平原与内蒙古草原的古道，好似在乱山中蜿蜒穿行的巨蟒。和主人一谈，古今许多著名的战事原来全都挤在这条又狭窄又曲折的古道上。连当年杨六郎一箭射穿山顶的那个巨大的箭孔还在那儿呢。

夹峙在飞狐古道两边的山岩全都苍老而嶙峋，层层叠叠，陡峭参天，从车子里很难望见山顶。山岩是绛红色的，丛生在错综复杂石缝里的灌木是浓重的绿。红绿参差，美丽又深郁。然而，一出古道却是一片开阔的山野。在这太行山与恒山的交汇与碰撞之处，山的形态绝无重复，山的色彩也绝无重复。我不曾在别的地方见过如此丰富的山色，所以一直把脑袋伸在车窗外边，直到感觉山风变得凉起来，才知道我们已经上山了，去往“空中草原”了。

一层层的大山从车窗上落到车子下边去。这时，不可思议的奇幻一般的景象出现了——就在这千峰万壑俱在脚下的高山之巅，竟然展开一片浩无际涯的大草原。空中草原？对，就是它！它一马平川，没有任何起伏，白云在蓝天上飘动，草原上还有人骑马飞奔。我恍惚觉得自己一下子飞到了塞外！可是认真观察和感受一下，就完全不同了。瞧，云彩出奇的低，好像伸手就可以摸到，主人告诉我有时云彩下来，还会绕在马腿和汽车轱辘上呢；空气极凉，带着一种雪天里的清冽，因此草地里没有昆虫；天上也没有飞翔的鹰，鹰也飞不到这么高的地方啊；天边那山影，可不是什么远山，而是一些万丈高山的峰顶！主人说，这草原在一座两千一百五十八米高的山顶上，面积竟有三十六公里见方！在天地之初，是谁把这么巨大的草原搬到山顶来的？

待下了车，草原的美一下子把我拥抱其中。草又密又绿，至少有十五六种颜色的花掺杂其间。主人说，这“空中草原”一年四季的颜色总是在不停地变。春天里最先开的是黄色的蒲公英，那时草原一片金黄。随后是红色的野花——他说不出名字，整个草原像盖上一条天大的红毯一样。在夏天，颜色的变化最多。前半月是粉色的，后半个月变成一片蓝色。有时五彩缤纷，真像是一个大花园。前些天草原上全是紫色的菊花。现在天凉了，到处是这种白色的花了——

我低头一看。呀！一种非常独特、似曾相识的奇异的美闯进我的眼睛。毛茸茸雪白的花，淡黄色球形的花蕊，淡绿色的茎，长长短短、如同舞者伸展着胳膊的花瓣——就凭着它这种独特的美，不需要回忆，我便失声叫出它高贵的名字：雪绒花！

我的发现，令我的主人颇为惊讶。他从来不知道这种花的名字叫雪绒花，更不知道他们这里有雪绒花。

我说了不久前我在阿尔卑斯山的见闻。我说，奥地利人把雪绒花做成精美的项链，还烧制在陶瓷上，非常漂亮。这是一种很名贵的花呀！

我的主人兴奋起来。他说，我们这里整个草原全是雪绒花！

我放眼望去，在这浩瀚的“空中草原”上，真的开满了雪绒花。向远看，好似盖着一层白花花的薄雪。花开密处，雪意深浓。这真是不可思议的奇迹！我知道，这种长着又细又密的抗寒的绒毛的小花，只要在海拔两千米以上的高山上就能成活，但在中国什么地方还会有三十六公里见方这样浩大的山顶上的草原，而且偏偏开满的全是雪绒花？在很久远的以前，到底是哪位仙人路经此处，迷上了这块神奇之地，把携带身上的雪绒花的种子撒在这里，才创造了如此惊天动地的花的奇观！

我的主人说，明年这里就开发旅游了。这雪绒花就是我们的“空中草原”最响亮的一张名片了。

我听了，心一动，便说：“旅游人一多，草原压力也就来了。你们可得保护好这个生态。这在全世界都是少见的！别忘了，这儿离北京不过一百多公里！”

离开草原时，我还不断地扭过头去望着这片旷世绝伦的草原——这人间的奇境。这天国的花园。此时，阳光下泖，小小的车窗外白花花如晶莹的雪，一片银白的世界。如是奇观，何处复有？此间，忽然又有一个发现：我手中捏着的几枝采自草原上的雪绒花，花朵个个奇大，比起阿尔卑斯山的雪绒花至少大三倍！我无意中捻动花茎，花朵一转，如同杨丽萍旋转她的白裙。我想，上天赐给我们中国人多少至上至圣至奇至美之物，我们应当感到骄傲，更该加意珍惜。

2003 年 9 月 5 日

散文精读·冯骥才 >>

小品

送　礼

东洋人来了，双手郑重捧上一大包贵重礼物；西洋人来了，连喊带叫，兴奋得直蹦，却不知他们会把什么微不足道的小东西送给你，所以总听人说，西洋人比东洋人小气。其实这是种误会。

一次一个德国人邀我去他家玩。我送给他全家每人一份厚礼，还唯恐礼薄。我在他家高高兴兴玩一天，住一夜，第二天告别前吃早餐时，他和他妻子指指我面前，柔和微笑地说："这是我们送给你的礼物。"我一看，原来是条印着当地风景的小手绢。

这是典型的西方礼物和送礼方式。礼物只是作为一种纪念，再也不包括其他含义。

西方人不重送礼。他们把请客吃饭作为上好的款待。如果请你去他家吃饭，就分外表示友好了。因为西方人不愿意随便领人到自己家。家，是自己的世界。进他家，就进入他的世界。如果再进一步，他像导游那样，带领你参观他家，还挽留你在他家住上两天，就无疑要与你交朋友了。

朋友间来往，礼物仅仅是助兴而已。你去他家吃饭，给男主人带一瓶酒，给女主人带一束花，就为当日聚会平添兴致。西方人送礼的高潮是圣诞之夜，亲友们互赠礼物，件件礼物都装在精美的盒子里，包装得漂漂亮亮，系上彩色缎带或别一朵纱花。但盒子里的礼物并不一定贵重，只是愈新奇愈有趣愈好。如果这礼物是你亲手制作的更好，因为此中有你的心意在。

按照他们的习惯，接受礼物，必须当面打开。他想看你见到礼物时高兴的表情，礼物就是为了叫你高兴，难道还有什么别的用意？

因此，没人以礼物的薄厚，掂量你的价值，估计你的油水，衡量你和他的关系，并以此确定对你的态度。礼物仅仅是一种“礼”，很少有“物”的含义。倘若送一本书或画册，被认作是高尚的馈赠。很少有人把家用电器一类东西当作礼物，因为这种“礼物”似乎含有恩惠意味，会使接受礼物者莫名其妙。

再说，有位东洋人来看我，先送我一大盒讲究的画笔，坐定之后才知道，他想出版我的书但不想付报酬。这礼物看上去就毫无“礼物”的味道了。

中国有句老话，叫作“礼轻心意重”，这话不错。可惜当今改为“礼重心意重”。心意二字的内涵也变了。礼物成了买路钱和敲门砖。路，乃路子也；门，乃后门也。

1988年2月

遵从生命

一位记者问我：

“你怎样分配写作和作画的时间？”

我说，我从来不分配，只听命于生命的需要，或者说遵从生命。他不明白，我告诉他：

写作时，我被文字淹没。一切想象中的形象和画面，还有情感乃至最细微的感觉，都必须“翻译”成文字符号，都必须寻觅到最恰如其分的文字代号，文字好比一种代用数码。我的脑袋便成了一本厚厚又沉重的字典。渐渐感到，语言不是一种沟通工具，而是交流的隔膜与障碍——一旦把脑袋里的想象与心中的感受化为文字，就很难通过这些文字找到最初那种形象的鲜活状态。同时，我还会被自己组织起来的情节、故事、人物的纠葛，牢牢困住，就像陷入坚硬的石阵中。每每这个时候，我就渴望从这些故事和文字的缝隙中钻出去，奔向绘画……

当我扑到画案前，挥毫把一片淋漓光彩的彩墨泼到纸上，它立即呈现出无穷的形象。莽原大漠，疾雨微霜，浓情淡意，幽思苦绪，一下子立见眼前。无须去搜寻文字，刻意描写，借助于比喻，一切全都有声有色、有光有影地迅速现于腕底。几根线条，带着或兴奋或哀伤或狂愤的情感；一块块水墨，真切切的是期待是缅怀是梦想。那些在文字中只能意会的内涵，在这里却能非常具体地看见。绘画性充满偶然性。愈是意外的艺术效果不期而至，绘画过程愈充满快感。从写作角度看，绘画是一种变幻想为现实、变瞬间为永恒的魔术。在绘画天地里，画家像一个法师，笔扫风至，墨放花开，法力无限，其乐无穷。可是，这样画下去，忽然某个时候会感到，那些难以描绘、难以用可视的形象来传达的事物与感受也要来困扰我。但这时只消撇开画笔，用一句话，就能透其精髓，奇妙又准确地表达出来，于是，我又自然而然地返回了写作。

所以我说，我在写作写到最充分时，便想画画；在作画作到最满足时，即渴望写作。好像爬山爬到峰顶时，纵入水潭游泳；在波浪中耗尽体力，便仰卧在滩头享受日晒与风吹。在树影里吟诗，到阳光里唱歌，站在空谷中呼喊。这是一种随心所欲、任意反复的选择，一种两极的占有，一种甜蜜的往返与运动。而这一切都任凭生命状态的左右，没有安排、计划与理性的支配，这便是我说的：遵从生命。

这位记者听罢惊奇地说，你的自我感觉似乎不错。

我说，为什么不。艺术家浸在艺术里，如同酒鬼泡在酒里，感觉当然良好。

1991年12月　天津

关于艺术家

人类艺术史的进程中，两次迈出巨人的脚步：一次是从自发的艺术到自觉的艺术，一次是从自觉的艺术到艺术的自觉，后一次的缘故是艺术家的出现。自此，艺术就变得无比艰难。

艺术家的工作是把艺术个性化。创造的含义就变为独创。艺术中没有超越，只有区别，成功者都是在千差万别中显露自己。艺术家的个性魅力成了他艺术的灵魂。于是，平庸与浅薄被视为垃圾，因袭模仿被看作偷窃，都是艺术的淘汰物。但是如何把个性魅力变成个性艺术？艺术家们各有各的秘密。

凭仗着他们的努力，创造一个世界。这世界不是现实世界的复制。智慧到处发光，才华到处流溢；所有颜色都是语言，所有声音都有灵性，所有空间都充满想象。这世界的一切，都是由无到有，每个人物都是虚构而成，还要同活人一样有血有肉有性格有心灵，可是这些人物的生命却从不依循活人的生死常规；不成功的人物生来就死，成功的人物却能永恒。有时，他们在书中戏中电影中死去，但在每一次艺术欣赏中重新再活一次，艺术有它神秘的规律。由于艺术的本质是生命，它一如人的生命本身，是个古老又永远不解的谜。

艺术家生存在自己的艺术中，艺术一旦完结，艺术家虽生犹死。长命的办法唯有不断区别别人，也区别自己。这苛刻的法则便逼迫艺术家必须倾注全部身心，宁肯在人间死掉，也要在艺术中永生。难怪他们在现实生活中七颠八倒，在虚构的世界里却不会弄错任何一根纤细的神经。反常的人创造正常的人物。人们往往能宽恕艺术中的人物，并不能宽恕生活中的艺术家。他们照旧默默吃苦受罪，把用心血煅造出的金银绯紫贡献给陌生的人们。一旦失败，有如死去，无人理睬；一旦成功，自己却来不及享受。因为只要不再超越这成功，同样意味着告终。

但真正的艺术又常常不被理解。在明天认可之前，今天受尽嘲笑；成功不一定在它的诞生之日。不被理解的艺术与失败的艺术，同样受冷落，一样的境遇，一样的感觉。艺术家最大的敌人是寂寞，伴随艺术家一生的是忽冷忽热的观众、读者和一种深刻的孤独。

这便是我心中的艺术家，天生的苦行僧，拿生命祭奠美的圣徒，一群常人眼中的疯子、傻子或上帝。但如果没有他们，人类的才智便沉没于平庸，生活化为一片枯索的沙漠，好比没山，地球只是一个光秃秃暗淡的球体。

1987年11月7日　天津

感受散文

那次同张洁闲聊天，她忽然打断我的话，心血来潮却非常认真地问我：

“你是不是特别想写、特别冲动的时候，反而坐不到桌子前边去了？那时就像害怕桌子，不敢挨近它……”

她的目光亮极了，目光前边好像有个极尖的尖儿，要一下子钻进我的心里，知道我怎么理解她的话。张洁心血来潮，往往就是她冒灵气的时候。她只要从这世界或从自己身上发现到什么，总是急不可待地说出来，还生怕留下什么，一个劲儿往外刨，就像刨树掘根那样。

我给她逼得用心琢磨起写作时的那些滋味，便说：

“是的！我也是这样……大概因为，一坐到桌前，心就要流血了，灵魂就要受折磨了，就要剥皮抽筋了……”

“写完就像大病一场！”张洁接过话叫着。

真正的写作难道不都是这样——哪怕几百字、几十字，也都是用笔，不！像用刀子一样，从心里往外刨东西。有一次，我的一位做编辑的朋友来逼稿，他笑呵呵地说：“你如果写小说费事，就随便弄篇散文吧！”

怎么，随随便便弄一弄？散文是种工余的写作，像干完活抓痒痒，使砚边的残墨就能干？就像用剩饭粒儿喂鱼那样？我差点气呼呼撞他两句，仿佛他亵渎了散文。

是！散文有时比小说更难。

听来的一个绝妙的故事，亲朋好友中哪一位做了件愚蠢或机警的事，不相识的人意外碰到什么祸福，都可能从中引出一篇小说。小说常常是别人的事，散文却必须是自己的事。即便写别人，也是写自己。小说往往是身外事，散文大都是心中事。如果说，小说是从别人那里折一段绿枝，插在自己心上，散文便是从自己心里钻出来的芽子。谁知这种子是什么时候埋在心里的，谁知这种子埋多久才发芽。小说容易碰到，散文却不易碰到，散文几乎是“等”来的。因此，我写散文远比写小说少得多，我已经有了大大小小十来本小说，至今才集成这薄薄的第一本散文。

我把冰心老太太留给我的题笺印在集子的前面，因为这句话道出了“为满足自己而创作”的那一类作品的真谛。我把这几句话奉为自己写散文的座右铭。其实散文的天地宽阔得很，我之所以在上边把散文说得那么艰难，语多偏激，原是出于我对散文的追求。因为我知道，对于任何事物，追求者所表现出的执着与偏激，大多不受责怪的。

1993年11月

小说的眼睛

绘画有眼，小说呢？

在我痴迷于绘画的少年时代，有一次老师约我们去他家画模特儿。走进屋才知道，模特儿是一位清瘦孱弱的老人。我们立即被他满身所显现出的皱纹迷住了。这皱纹又密又深，非常动人。我们急忙找好各自的角度支起画板，有的想抓住这个模特儿浓缩得干巴巴的轮廓，有的想立即准确地画出老人皮肤上条条清晰的皱纹，有的则被他干枯苍劲、骨节突出的双手所吸引。面对这迷人的景象，我握笔的手也有些颤抖了。

我们的老师——一位理解力高于表现力因而不大出名的画家叫道：

“别急于动笔！你们先仔细看看他的眼睛，直到从里边看出什么来再画！”

我们都停了下来，用力把瞬间涌起的盲目的冲动压下去，开始注意这老人的眼睛。这是一双在普通老人脸上常见的、枯干的、褪尽光泽的眼睛。何以如此？也许是长年风吹日晒、眼泪流干、精力耗尽的缘故。然而我再仔细观察，这灰蒙蒙的眼睛并不空洞，里面有一种镇定沉着的东西，好像大雾里隐约看见的山，跟着愈看愈具体：深谷、巨石、挺劲的树……这眼里分明有一种与命运抗衡的个性，以及不可摧折的刚毅素质。我感到生活曾给予这老人许多辛酸苦辣，却能被他强有力的性格融化了。他那属于这生命特有的冷峻的光芒，不正是从这双淡灰色的眸子里缓缓放射出来的吗？

顿时，这老人身上的一切都发生了奇妙的变化。他皮肤上的皱纹，不再是一位老人那种被时光所干缩的皱纹，而是在命运之神用凿子凿上去的。每条皱纹里都藏着曲折坎坷而又不肯诉说的故事。在他风烛残年、弱不禁风的躯体里，包裹着绝不是一颗衰老无力的心脏，而是饱经捶打、不会弯曲的骨架。当我再一次涌起绘画冲动时，就不再盲目而空泛，而是具体又充实了。我觉得，这老人满身的线条都因他这眼神而改变，我每一笔画上去，连笔触的感觉都不一样了。笔笔都像听他这眼神指挥似的，眨眼间全然一变。

人的眼睛仿佛汇集着人身上的一切，包括外在和内在的。你只要牢牢盯住这眼睛，就甚至可以找到它隐忍不言的话，或是藏在谎言后面的真情。一个人的气质、经验、经历、智能，也能凝聚在这里面，而又有意无意地流露出来。因此，作家、医生、侦探都留意人的眼睛。从此，我再画模特儿，总要先把他的眼睛看清楚，看清了，我就找到了打开模特儿之门的钥匙。

绘画有眼，诗有“诗眼”，戏有“戏眼”。小说呢？是否也有一个聚积着作品的全部精神，并可从中解开整个艺术堂奥的眼睛呢？

小说的眼睛大有点石成金之妙

在短篇小说中，其眼睛有时是一个情节。比如邓友梅的《寻访“画儿韩”》。“画儿韩”邀来古董行的朋友，当众把骗他上当的“假画”泼酒烧掉，恐怕是小说一连串戏剧性冲突中最惊心动魄的一幕。邓友梅把小说里的情节全都归结于此。这是小说的悬念，也是作品情节的真正开始。这个情节就是这篇小说的眼睛。而这之后故事的发展，都是由这个情节“逼”出来的。读罢小说，不能不再回味“烧假画”这个情节，由此，对作品的内涵和人物的性灵，也会理解得更为深刻了。

再有便是普希金的《射击》和蒲松龄的《鸽异》。前一篇是普希金为数不多的短篇小说中最有故事情节性的。其中最令人惊诧的情节，是受屈辱的神枪手挑选了对手度蜜月的时刻去复仇。在那个获得了人间幸福的对手的哀求下，他把子弹打进了墙上的枪洞里。后一篇《鸽异》是个令人沉思的故事。养鸽成癖的张公子好不容易获得两只奇异的小白鸽。后来，他又将这对珍爱的小白鸽赠送给高官某公，以为这样珍贵的礼物才与某公的地位相称。不料无知的某公并不识货，把神鸽当作佳肴下了酒。这个某公吃掉神鸽的情节，就是小说的眼睛。它与前一篇中神枪手故意把子弹射进墙上的枪洞的那个情节一模一样，都给读者留下余味，引起无穷的联想。

这三篇都以精彩情节为眼睛的小说，却又把不同的眼睛安在不同的地方：邓友梅把眼睛安在中间，普希金和蒲松龄则把眼睛安在结尾。把眼睛安在中间的，使故事在发展中突然异向变化；而把眼睛安在结尾的，则是以情节结构小说创作的惯技。这样的小说，大多是作家先有一个巧妙的结尾，并把全篇的"劲儿"都搽在这里，再为结尾设置全篇，包括设置开头。

眼睛不管放在哪里，作为小说眼睛的情节，都必须是特殊的、绝妙的、新颖的、独创的。因为整个故事的所有零件，都将精巧地扣在这一点上，所有情节都是为它铺垫，为它安排，为它取舍。这才是小说眼睛的作用。如果去掉这只眼睛，小说也就不复存在了。如果换一只眼睛，便是假眼，成为一个无精神、无光彩、无表情的玻璃球，小说也成了瞎子一样。

另一种是把细节当作小说的眼睛，这也是常见的。莫泊桑的《项链》中的假项链；欧·亨利的《最后的藤叶》中的画在树上的藤叶；杰克·伦敦的《一块牛排》中所缺少而又不可缺少的那块排骨，都是很好的例子。再如在契诃夫的《哀伤》

中，老头儿用雪橇送他的老伴到县城医院去治病，在纷纷扬扬的大雪里，他怀着内疚的心情自言自语诉说着自己如何对不起可怜的老伴，发誓要在她治好病后，再真正地爱一爱自己的一生中唯一的伴侣，然而他发现，落在老伴脸上的雪花不再融化——老伴已经死了！这是一个多么令人颤栗的细节！于是，他一路的内疚、忏悔和誓言，都随着这一细节化成一片空茫茫的境界；于是一个冰冷的浪头，有力地拍打在你的心头上。

试想，如果拿掉雪花落在老太婆脸上不再融化这一细节，这篇小说是否还强烈地打动你？这细节起的是点石成金的作用！

因此，这里所说的细节，不是一般含意上的细节，哪怕是非常生动的细节。好小说几乎都有一些生动的细节（譬如《孔乙己》中曲尺形的柜台、茴香豆、写着欠酒债人姓名的粉板，等等）。但是，当作眼睛的细节，是用来结构全篇小说的。就像《项链》中那条使主人公为了一点空幻的虚荣而茹苦含辛十年的假项链，它绝不是人物身上可有可无的附加物，而应该是必不可少的。莫泊桑在这篇作品中深藏的思想、人物不幸的命运与复杂的内心活动，都是靠这条假项链揭示出来的。这样的细节会使一篇作品成为精品。只有短篇小说才能有这样的结构；也只有这样的结构，才具有短篇小说的特色。

当然，在生活中这样的细节是可遇而不可求的，但如果作者不善于像蚌中取珠那样提取这样的细节，以高明的艺术功力结构小说，那么，即使有了这样珍贵的细节，恐怕也会从眼前流失掉。就像收音机没有这个波段，把许多优美旋律的电波无声无息地放掉了。

各种各样的小说眼睛

我曾经找到过一个小说的眼睛，就是《高女人和她的矮丈夫》中的伞。

我在一次去北京的火车上遇到一对夫妻，由于女人比男人高出一头，受到车上人们的窃笑。但这对夫妻看上去却有种融融气息，使我骤然心动，产生了创作欲。以后一年间，我的眼前不断浮现起这对高矮夫妻由于违反习惯而有点怪异的形象，断断续续为他们联想到许多情节片段，有的情节和细节想象得还使我自己也感动起来。但我没有动笔，我好像还没有找到一个能凝集起全篇思想与情感的眼睛。

后来，我偶然碰到了——那是个下雨天，我和妻子出门。我个子高，自然由我来打伞。在淋淋的春雨里，在笼罩着我们两人的这个遮雨的伞下边，我陡然激动起来。我找到它了，伞！一柄把两人紧紧保护起来的伞！有了这伞，我几乎是一瞬间就轻而易举地把全篇故事想好了。我一时高兴得把伞塞给妻子，跑回去马上就写。

我是这样写的：高矮夫妻在一起时，总是高个子女人打伞更方便些。往后高女人有了孩子，逢到日晒雨淋的天气，打伞的差事就归矮丈夫了。但他必须把伞半举起来，才能给高女人遮雨。经过一连串令人心酸的悲剧过程，高女人死了，矮丈夫再出门打伞还是习惯地半举着，人们奇妙地发现，伞下有长长一条空间，空空的，世界上任何东西也补不上……

对于这伞，更重要的是伞下的空间。

我想，这伞下的空间里藏着多少苦闷、辛酸与甜蜜？它让周围的人们渐渐发现世界上最珍贵的东西——纯洁与真诚就在这里。这在斜风细雨中孤单单的伞，呼唤着不幸的高女人，也呼唤着人们以美好的情感去填补它下面的空间。

我以为，有的小说要造成一种意境。

比如王蒙的《海的梦》，写的就是一种意境。意境也是一种眼睛，恐怕还是最感人的一种眼睛。

也许我从事过绘画，我喜欢使读者能够在小说中看见一个画面，就像这雨中的伞。

有时一个画面，或者一个可视的形象，也会是小说的眼睛。比如用衣帽紧紧包裹自己的“伞中人”（契诃夫《装在套子里的人》），比如拿梳子给美丽的豹子梳理毛发的画面（巴尔扎克《沙漠里的爱情》）。

作家把小说中最迷人、最浓烈、最突出的东西都给了这画面，使读者心里深深刻下一个可视的形象，即使故事记不全，形象也忘不掉。

我再要谈的是：一句话，或者小说中人物的一句话，也可以成为小说的眼睛。

《爱情故事》几次在关键时刻重复一句话："爱，就是从来不说对不起的。"这句话，能够一下子把两个主人公之间特有的感情提炼出来，不必多费笔墨再做任何渲染。这篇小说给读者展现的悲剧结局并不独特，但读者会给这句独特的话撞击出同情的热泪。

既然有丰富复杂的生活，有全然不同的人物和故事，有手法各异的小说，就有各种各样的眼睛。这种用一句话作为眼睛的小说名篇就很多，譬如冈察尔的《永不掉队》、都德的《最后一课》等。这里不一一赘述。

年轻的习作者们往往只想编出一个生动的故事来，而不能把故事升华为一件艺术品，原因是缺乏艺术构思。小说的艺术，正体现在虚构（即由无到有）的过程中。正像一个雕塑家画草图时那样：他怎样剪裁，怎样取舍，怎样经营；哪里放纵，哪里夸张，哪里含蓄；怎样布置刚柔、曲直、轻重、疏密、虚实、整碎、争让、巧拙等艺术变化；给人怎样一种感受、刺激、情调、感染、冲击、渗透、美感，等等，都是在这时候考虑的。没有独到、高明、自觉的艺术处理，很难使作品成为一种真正的艺术佳作。小说的构思应当是艺术构思，而不是什么别的构思。在艺术宝库里，一件非艺术品是不容易保存的。

结构是小说全部艺术构思中重要而有形的骨架。不管这骨架多么奇特繁复，它中间都有一个各种力量交叉的中心环节，就像爆破一座桥要找那个关键部位一样。一个高水平的小说欣赏者能从这里看到一篇佳作的艺术奥秘，就像戏迷们知道一出戏哪里是“戏眼”。而它的制作者就应当比欣赏者更善于把握它和运用它。

谈到运用，就应当强调：切莫为了制造某种戏剧性冲突，或是取悦于人的廉价效果，硬造出这只眼睛来。它绝不像侦探小说中故意设置的某一个关键性的疑点。小说的眼睛是从大量生活的素材积累中提炼出来的，是作家消化了素材、融合了感情后的产物，它为了使作品在给人以新颖的艺术享受的同时，使人物得以更充分的开掘，将生活表现得更深刻而又富于魅力。它是生活的发现，又是艺术的发现。

当然，并非每篇小说都能有一只神采焕发的眼睛。就像思念故乡的可怜的小万卡最后在信封上写：“乡下，我的祖父亲收。”或像《麦琪的礼物》中的表链与发梳，或像《药》结尾那夏瑜坟上的花圈那样。

小说的眼睛就像人的眼睛。

它忽闪忽闪，表情丰富。它也许是明白地告诉你什么，也许要你自己去猜去想去悟。它是幽深的、多层次的，吸引着你层层深入，绝不会一下子叫你了然大白。

这，就是小说的眼睛最迷人之处。

还有一种闭眼的小说

是否所有的小说都可以找到这只眼睛？

许多小说充满动人的细节、情节、对话、画面，却不一定可以找出这只眼睛来。因为有些作品它不是由前边所说的那种明显的眼睛来结构小说的。例如《祥林嫂》中祥林嫂，结婚撞破脑袋，阿毛被狼叼去，鲁四爷不叫她端供品……它是由几个关键情节支撑起来的，缺一不可。那种内心独白或情节淡化、散文化、日记体的小说，它的眼睛往往化成了一种诗情，一种感受、一种情绪、一种基调，作家借以牢牢把握全篇。甚至连每一个词汇的分寸，也要受它的制约。小说的眼睛便躲藏在这一片动人的诗情或感受的后面。如果小说任何一个细节，一段文字，离开这情绪、感觉、基调，都会成为败笔。

还有一种小说，明明有眼睛，却要由读者画上去。这是那种意念（或称哲理）小说。作家把哲理深藏在故事里，它展开的故事情节，是作为向导引你去寻找。就像一个闭着眼说话的人，你看不见他的眼珠，却一样能够猜到他的性格和心思。这是一种闭眼小说。手段高明的作者总是把你吸引到故事里去，并设法促使你从中悟出道理（或称哲理）。《聊斋》中许多小说都是这样的。如果作者低能，生怕读者不解其意，急得把眼睛睁开，直说出道理来，反而索然无味了。这个眼睛就成了无用的废物。

前边说，小说得需要那样的眼睛，这里又说小说不需要这样的眼睛。两者是一个意思，都是为了使小说更接近或成为艺术品，更富于艺术魅力。

1984年1月12日

我的书法生活

我有两间工作室。一间书房，一间画室，屋门对开。写作间偶有妙思，或是佳句，旋即出书房，入画室，展白宣，运长锋，一挥而就，书法生矣！

笔墨是我的心灵器具。我不为书法而写，只为心灵而书。我的书法亦我的写作。还有一半是对笔墨美的崇尚。

故而，我从不临帖，但我读帖。我把古人当作崇高的朋友。我在与他们的神交之中，细品他们的品格、气质与精神。我不会照猫画虎地去“克隆”他们的一招一式。我以被人看出我师从何处为羞。我的书法只听命于我的精神情感。

倘有朋友约我书法，我不会提笔就写，立等就取。心无美文，情无所至，不会动笔。故而只是记住此事，慢慢等待内心的潮汐。倘若潮水忽来，笔墨随之卷入，辄必有一幅得意的书法赠予友人。

我把书法作为一己的心灵生活。故而，不喜欢别人的逼迫与勉强，不喜欢书写那种无关痛痒的名人留言；更不喜欢当众挥毫表演，似有江湖卖艺的感觉。

我不会天天不停地写，甚至一连写上三幅就会感到厌倦。我喜欢与书法的关系是一种不期而遇的邂逅。那一瞬，我们彼此都会惊奇，充满新鲜与兴奋。笔与墨，一边让我熟悉，一边给我意外。只有此时，我才会感到笔墨也是有生命的。笔墨的性格是一半顺从，一半逆反；一半清醒，一半烂醉。我们的艺术创造，不是一半来自笔墨的自我发挥吗？

甲子之年，我写了一首诗，实际上是写了我的艺术观：

笔墨伴我一甲子，谁言劳心又劳神，
墨自含情也含爱，笔乃有骨亦有魂，
如烟岁月笔下挽，似水时光墨中存，
我书我画我文章，笔墨处处皆我人。

此诗写过，欲言尽之。

2003年4月

选择权是谁的？

一位美国官员在我国南方某城旅游，陪同人员说，今天我们去郊外看一个古庙。去时走一条路线，回来走另一条路线，因为两条路线风景不同。这官员很高兴这样安排。到了那古庙玩了许久，回来路上这官员发现仍是去时的路线，很不高兴。陪同人员解释说："你玩得太累了，另一条路线太绕，路程要多半个小时，所以还是走来时这条路。"谁料这官员听了很恼火。陪同人员很气恼，认为这美国人不懂好意，弄得双方都不愉快。回来后，回去的一个外国人对陪同人员说："你不知道美国人的习惯，事先定好的，他们不喜欢随便更改。如要改，应当与他商量。把两种办法都告诉他，由他自己选择。他们不愿意别人替他们选择。"

这故事挺有趣，是观念不同造成的误会。西方重个人意志，事事由自己选择和决定；东方传统重官方意志，便寄厚望于父母官的裁定。对西方人来说，选择权是他个人最重要的权利之一。他们个人选择权限很大，比如对居住地的选择，对工作的选择，大学生学习科目由自己任选，凑足学分便能毕业；

教授开什么课也由自己决定。他的想法可能挺怪，但别人不能干涉他，除非没人听他的课，乖乖地再进行自我调整。做什么任由自己，成败听其自然。这样，个人的志趣发挥的机会便多，自然用不着合理的人才调动也必须由一些半懂不懂的人一连盖七八个图章，缺一不可。

由他们这一观念出发，他们认为，不侵犯别人的选择权，是对别人权利理应的尊重。每见外国人与中国派出的人员研究日程安排，中国人总是客气地说：很好很好，都行都行。往往心里不满意也不好意思说。其实外国人按习惯正是把选择权交给你。勉强自己，也正因为中国人由别人代替自己选择惯了。

如果与别人同做一件事，商量好了，不能说变就变。你改变，是你重新选择，这就势必构成对别人的侵犯。在西方人之间这是绝对犯忌的。比如失信、失约，说了不算等。不只是你的人品有问题，而是侵犯了别人。

有一次在爱荷华公园，见一妇女拿一件风雪衣与一个四岁小女孩儿说话，着急又认真，说个不停。过去一听，原来这件衣服一面是绿的，一面是红的。她非要孩子自己确定是红的朝外还是绿的朝外，也不替孩子决定，这是孩子自己的事。后来这小女孩儿决定红的，穿上后，两人快乐地走了。妈妈似乎比女儿还快乐。因为孩子已经能自己做主了。选择是我的权利——这一观念是从西方人的儿时就深入心灵的。

1987年7月5日

最好读的历史书

无论到美国任何地方，那里的主人都会问你：“要不要到博物馆看看?”初听以为美国历史短，便拿博物馆当宝贝。可是看了一些博物馆，就会自责。单纯凭思想公式判定一件未知的事物，常常出错。凡事最好亲眼看看。

我在纽约著名的“大都会博物馆”转了一上午，居然连一个埃及馆也没走出去，好大！原先对埃及脑袋里只有金字塔和狮身人面像。这里看到的是从远古直至九世纪阿拉伯化之前古埃及文化的珍品。古埃及人的想象力和创造力令我震惊、发呆。我想起美籍华裔诗人许达然一句精彩的话：“科学是发现，艺术是创造。”从这里我才知道，古埃及文化所达到辉煌灿烂的高度，并不低于中国古代文化的成就。当天下午因为要去“现代艺术博物馆”看画，余下一小时，一溜小跑把英国馆、西班牙馆、中国馆跑过，还有十多个馆没看。大都会的庞大和富有真是难以想象！各国古物应有尽有。中国馆内有座苏州园林，庭院、花竹、溪桥、花砖墙一如虎丘景致；英国馆中间展室布置成维多利亚时代古色古香贵族豪华的居室和餐室，据说都是从英国买来的整间房子，包括极具文物价值的家具、灯具、壁画、雕像乃至石柱和房檩。一个美国年轻人在大都会内转一个星期，从这些真实稀罕的古代实物中，可以饶有趣味了解到整个世界各个国家的全部历史和文化。我对陪同我去大都会的美国朋友说："这是一本好读的历史书。"

博物馆最多要算芝加哥和华盛顿，历史、文化、科技、风习、艺术、自然，包罗万象，又分门别类，可以说是个"博物馆群"。芝加哥博物馆中最使我感兴趣的是"历史文化博物馆"。比如介绍美国邮政史部分，连最早的邮箱、邮袋及邮递员的制服帽子车子都收集来。展览是从大文化观念出发，宗教、教育、风俗、服装、建筑、饮食等无所不包。不同时期的物品一概俱全。我很惊奇，这些在生活中早已淘汰掉的东西从哪里收罗来的？博物馆的征集人员可谓神通广大。徜徉其间，如同走进两百年活生生的美国生活里。

华盛顿的"航天博物馆"天天挤满参观者。从人类最早的飞行物到第一只载人宇宙飞船，都陈列其中。包括两次世界大战所用的军用飞机都悬吊在大厅顶子上。头一个宇宙飞船和一辆小汽车差不多大小，人只能坐，不能站，更觉最早的太空探险者的艰辛、勇敢和伟大。这些博物馆方式很活，有活人表演，有的旧机器可以操作给人看。花一美元就能租一个廉价录音机，戴上耳机，边看展览边听解说。想多看看就关上，要听就打开，很方便。大多展览都配合电影介绍。波士顿郊外的布莱斯顿“独立战争博物馆”，把当时的文献照片和画片拍成影片，配上音响，比起呆傻的图片加文字说明有感染力多了，使人如身临其境。那些古物陈列室光线幽暗，甚至全黑，却有一束束光静静投照，愈显神秘与珍贵。有气氛，人便能进入遥远的历史中去感受。没有感受就会拉开距离。

纽约的华美协进会请我去看一个别致的关于中国的展览，名字叫“中国石头展览”。展品有各样中国名贵的怪石，大都为古物，还有石雕、石印和石砚以及善画奇石的陈洪绶、金冬心等人的作品。从“石头”这一角度打开神秘的中国古老文化之窗，构思确实别致，有趣味性。美国是个移民国家。当今美国文化就是本土的印第安文化和欧洲文化、墨西哥文化、非洲黑人文化的大汇合。美国人的观点是拼凑一起才是最好的。对外来文化很少持排斥态度。

我有个奇特的发现：各国博物馆都收藏中国文物，唯独中国博物馆不收藏外国文物。中国人在博物馆里看来看去全是自己。造成这现象是一种传统的文化封闭观念：不看别人的，便认定自己最好。

1987年8月5日